ULTIME MESSAGE

DANS LA MÊME SÉRIE

1. La révélation
2. L'intrus
3. Pouvoirs secrets
4. La protectrice
5. L'étrangère
6. Le passager clandestin
7. La Pierre de Minuit
8. Le rebelle
9. Le renégat
10. Nouveau départ
11. Les assassins n'oublient jamais
12. Le prix d'un miracle
13. Le syndrome Valenti
14. La hache de guerre
15. Secrets de famille
16. Ultime message

ROSWELL™

PAUL RUDITIS

ULTIME MESSAGE

D'après la série télévisée développée par Jason Katims

Fleuve Noir

Titre original :
Dreamwalk

Traduit de l'américain par
Anne-Virginie Tarall

Série proposée par Patrice Duvic

ISBN : 2-265-07523-X

Pour L. J., Tim, Shawn et John

PROLOGUE

La route se déroulait devant et derrière lui, des kilomètres de désert dans l'une et l'autre direction. Regardant par-dessus son épaule, il ne vit rien, mais il savait qu'ils étaient là. Il n'était pas sûr de fuir devant quelque chose ni de s'en approcher. Sa seule certitude, c'était de n'avoir pas beaucoup de temps.

C'est toi qui m'as fait ça. Tu m'as envoyé à Las Cruces.

Il n'était pas seul. C'était vrai, les voix, dans son esprit, l'accompagnaient partout où il allait, mais il y avait autre chose… quelqu'un d'autre. La présence supplémentaire était à la fois rassurante et dérangeante.

Mais les voix… elles étaient là aussi… toujours là.

Alex, Alex, laisse-moi arranger ton esprit. Tu n'as plus les idées claires.

La voiture s'arrêta sur le bas-côté de la route. Le soleil se reflétait sur la borne quarante-sept, lui faisant mal aux yeux. Descendant, du côté du passager, il attendit, debout sur la terre parcheminée, dans la fournaise.

Ça fait deux mois que tu manipules mon esprit... et il n'en reste rien... Tu as détruit mon esprit !

Deux vautours décrivaient des cercles dans le ciel. Son regard se porta sur eux alors qu'il aurait souhaité détourner les yeux. Ce n'était plus qu'une question de temps avant qu'ils n'attaquent. Il le savait. L'attaque venait toujours. Mais il ne craignait pas pour sa propre sécurité. Ils ne se battaient qu'entre eux.

Sors, Kyle. Va-t'en !

Il était de retour dans sa chambre à coucher, entouré des

lambris de bois qu'il avait essayé de couvrir de posters de ses héros, dans sa jeunesse. Il avait tant espéré qu'ils viendraient l'arracher à sa vie, un jour. Mais aujourd'hui, il savait qu'ils n'avaient pas le pouvoir de l'aider.

Je n'ai plus rien. Je pourrais tout aussi bien être mort !

Les voix continuaient à caqueter tandis que des ombres dansaient autour de lui. Au début, il ne s'agissait que des fantômes d'un lointain passé. Mais d'autres, plus récents, les suivaient toujours de près. Ils prirent forme et substance. *Elle*, d'apparence si fragile et inoffensive, et qui cachait au plus profond d'elle-même une nature si noire. Et enfin lui, l'innocent qui craignait pour sa vie et sa santé mentale. Qui *la* craignait.

Calme-toi. Calme-toi !

Non, tu n'as pas le droit de manipuler mon esprit !

Un vieil ami. Une nouvelle ennemie. Qui l'entouraient. Qui le retenaient prisonnier. Toujours plus près. Son esprit le faisait souffrir. La douleur était insupportable. Il essaya de la bloquer, de la fuir, mais il était incapable de bouger.

Tu n'as pas le droit de violer mon esprit... Non ! Noooooon !

Kyle se redressa d'un bond dans son lit. Le T-shirt trempé de sueur, il serrait ses draps dans ses deux poings par cette nuit d'été anormalement fraîche. Ses yeux s'adaptèrent à l'obscurité. Aussitôt les ombres s'évanouirent, cédant la place à des formes familières.

Explorant la chambre qu'il avait récupérée après le départ de Tess, Kyle sut qu'il était seul, mais pas *entièrement*. Pas une seule nuit n'était passée, depuis des semaines, sans qu'il soit hanté par ces images. Il avait été forcé de se rappeler ce qu'il avait dû oublier – autrement dit que Tess avait manipulé son esprit. Depuis ce jour, il ne pouvait plus échapper à ses souvenirs.

Il avait été témoin de la mort d'Alex, tué par Tess, et sans savoir ce qu'il faisait, il avait pris part au maquillage de ce crime en accident. Il avait assisté aux funérailles de son ami sans avoir la moindre idée du rôle qu'il avait joué dans son meurtre. Il avait même consolé Tess et cherché du réconfort auprès d'elle, leur relation se transformant de plus en plus en celle d'un frère et d'une sœur. Elle était l'amie la plus proche qu'il ait eue depuis longtemps.

Mais il avait découvert que tout ça n'était qu'un mensonge.

Depuis le jour où Liz et Maria l'avaient aidé à se souvenir de tout, les voix du passé résonnaient dans ses rêves. Les images d'un acte horrible le hantaient tandis que d'autres pensées, plus confuses, lui traversaient l'esprit. Il voyait un mélange de choses familières et inhabituelles. Le pire, c'était que ces images et ces voix le hantaient toujours, même à l'état de veille.

D'abord, sa propre voix.

Tu veux que je t'accompagne ?

Puis la *sienne*.

Non. Rentre à la maison. Je me charge de tout.

CHAPITRE PREMIER

— Tu es sûre de vouloir faire ça ? demanda Max.

Il lui avait souvent posé cette question au cours des deux années qui venaient de passer, et il y mettait aujourd'hui la même intensité que s'il s'agissait d'une affaire de vie ou de mort.

— Je suis venue jusqu'ici, répondit Liz, qui ne semblait pourtant pas très sûre. Tout le monde compte sur moi.

— Ils comprendront.

— Mais pas moi.

Liz se glissa hors du box et lissa les faux plis de sa robe bleu ciel. Elle avait choisi cette couleur après avoir décrété que personne ne devrait porter de noir. Le noir, c'était morbide. Ce soir, ils célébraient la vie.

— J'ai été si occupée à enquêter sur la mort d'Alex que je n'ai jamais eu une occasion de lui dire au revoir. Il faut que je le fasse. Pas seulement pour lui, mais pour moi.

Vêtu d'un T-shirt rouille et d'un pantalon brun, Max regarda Liz se frayer un chemin dans la foule qui avait envahi le *Crashdown Café*, avançant vers la « scène » qu'ils avaient érigée devant le comptoir. C'était en réalité un microphone et quelques spots empruntés au matériel audiovisuel du lycée, mais ça ferait l'affaire. Max pensa que c'était rudement bien, de la part du père de Liz, d'avoir accepté de fermer son restaurant pour la soirée, afin que les amis et les familles se réunissent.

Leur petit cercle était bien représenté. Il ne manquait que Kyle, retenu au magasin de pièces d'automobiles où il avait trouvé du travail. Il y avait aussi les amis de lycée d'Alex –

les veinards dont les seuls soucis étaient de réussir leurs examens et de trouver un rendez-vous pour le samedi suivant. Aucun d'eux n'avait à craindre une rencontre extraterrestre mortelle. Max les connaissait bien, mais ils ne faisaient pas partie de ses amis. A cause de sa « nature », il préférait tenir les autres à distance, de peur de les mettre en danger, comme il l'avait fait avec Liz et les autres. Cette soirée était l'exemple parfait de ce que cela pouvait donner.

A part les amis, il compta de nombreux parents. Les siens étaient là, bien sûr, pour les soutenir, Isabel et lui, ainsi que les Whitman, comme ils l'avaient déjà fait deux mois plus tôt. La mère de Maria était présente, elle aussi, assise à une table à côté du shérif. Même si Valenti avait perdu son travail, Max ne pouvait s'empêcher de penser à lui comme au « shérif Valenti ». Voyant les deux parents célibataires ensemble, Max se rappela qu'ils avaient l'un et l'autre été abandonnés par leurs conjoints, quelques années plus tôt, une histoire commune qui les avait rapprochés. Il chassa cette pensée et regarda encore la salle, s'arrêtant lorsqu'il eut trouvé les parents d'Alex. Il préférait ne pas penser à ce qu'ils traversaient.

— Tout a commencé il y a quatre ans, dit Liz dans le micro. C'était pendant ma courte période artistique, avant que je ne m'adonne sérieusement aux sciences. Alex, Maria et moi nous étions réunis au cours d'une belle soirée d'été pour exprimer librement nos talents. Alex et Maria jouèrent de la basse et de la guitare, et je dus me contenter d'essayer de les suivre en récitant de la poésie…

Elle inspira profondément pour refouler ses larmes.

— Nous avons perpétué cette tradition chaque été, depuis. Et aujourd'hui, je vous invite à vous joindre à nous, en mémoire d'Alex.

Max vit que Maria s'essuyait les yeux avec un mouchoir. Il faillit éclater de rire, en dépit de l'ambiance sombre, car son accoutrement était impayable. Ayant suivi les directives de Liz à la lettre, elle portait une courte robe à paillettes de toutes les couleurs de l'arc-en-ciel. Il se rappelait l'avoir aidée à la choisir, dans une petite boutique d'articles d'occasion de la région. Les deux jeunes gens s'étaient rapprochés pendant l'été précédent, et ils passaient encore beaucoup de temps ensemble, quand leurs compagnons respectifs étaient occupés ailleurs.

— J'aimerais commencer en vous récitant un poème qui, je le sais, était très cher à Alex, continua Liz. (Elle prit un livre sur le comptoir et l'ouvrit à la page marquée par deux tickets de concert). Il s'intitule « En s'arrêtant dans les bois un soir d'hiver ».

Elle regarda l'assemblée et s'attarda sur les parents d'Alex.

— « *A qui appartiennent ces bois, je crois que je le sais...* »

Sans cesser d'écouter, Max tourna la tête vers les parents d'Alex et tenta d'imaginer ce qu'ils ressentaient. Etait-ce possible, alors qu'ils avaient perdu leur fils à un si jeune âge ? Bien sûr, son propre enfant était à des milliers d'années-lumière, mais la peine des Whitman était différente de la sienne. Ils souffraient parce qu'ils avaient élevé un enfant pendant dix-sept ans, tout ça pour que sa vie s'arrête dans un accident de voiture insensé. Le pire, c'était de savoir qu'ils se demanderaient toujours si leur fils ne s'était pas suicidé. Car ils ne sauraient jamais la vérité.

Il se tourna vers Liz. Qu'elle était belle et fragile à la lumière des spots, le nez plongé dans le journal d'Alex ! Elle avait traversé tant d'épreuves depuis la mort de son ami. Maintenant que Tess était définitivement hors du coup, Max se promit de faire tout ce qui était en son pouvoir pour la reconquérir.

— ... « *et de miles à parcourir avant de pouvoir dormir* », termina Liz en pleurant à chaudes larmes.

Elle laissait enfin s'exprimer la peine qu'elle avait étouffée depuis ses premiers soupçons sur la mort d'Alex.

Max se leva et traversa la salle pour la rejoindre. Il la raccompagna jusqu'à son siège.

— Alex aurait apprécié, lui souffla-t-il.

Liz ne répondit pas. Il la sentait trembler légèrement. Elle se rassit sous des applaudissements timides. Ses parents tournèrent la tête, inquiets pour leur fille, et furent rassurés en voyant Max près d'elle.

Le groupe d'Alex passait tout de suite après. Ses membres installaient leurs instruments pour rendre hommage à leur bassiste disparu. Ce serait la dernière fois qu'ils se produiraient sous le nom « The Whits ». Chacun jugeait que c'était l'occasion appropriée.

Alex avait formé le groupe quand il était en seconde. Il était la force vive qui les avait fait avancer, comme en témoignait le nom qu'ils s'étaient donné. Même si Maria s'en était emparée peu après sa formation, Alex en était resté le patron.

Alors que les garçons entamaient une chanson triste, parlant d'amour perdu, Isabel vint se joindre à Liz et à son frère.

— Tu es sûr de savoir ton texte ? demanda-t-elle à Max en s'asseyant sur la banquette, en face d'eux.

Isabel aussi avait suivi les instructions de Liz. Elle portait une robe orange pâle qui convenait parfaitement à une soirée « de célébration de la vie ».

— Oui, Isabel, répondit-il pour la dixième fois depuis qu'il avait accepté de jouer le sketch avec elle. Sûr et certain.

— Je ne voudrais pas que tu aies un trou de mémoire au plus mauvais moment…

— Détends-toi. Tout se passera très bien.

— Veux-tu que nous répétions une dernière fois dans la cuisine ? demanda Isabel, bondissant sur ses pieds avant qu'il n'ait pu lui répondre.

Liz se tourna vers Max, le suppliant de ne pas la laisser seule dans un moment pareil. Il lui prit la main et la serra, pour lui faire savoir qu'il ne bougerait pas d'un pouce.

De l'autre main, il attrapa sa sœur par le bras et la fit se rasseoir.

— Nous avons répété une bonne centaine de fois. Tout ira bien. Reste ici et profite de la musique.

— C'est juste… commença-t-elle.

Elle se tut, la gorge trop serrée pour continuer.

— Je sais.

Tenant toujours la main de Liz, Max croisa le regard de sa sœur, lui signifiant qu'il était aussi là pour elle. Sans un mot, il apporta aux deux jeunes filles le soutien dont elles avaient besoin. Maria et elle avaient été très proches d'Alex.

Ils luttèrent contre les larmes tandis que la mélodie résonnait dans la salle du *Crashdown*. Il semblait à Max que le groupe allait craquer. D'une manière ou d'une autre, cette « célébration de la vie » avait sérieusement déraillé. Mais il n'était pas sûr de savoir comment inverser les choses.

— C'est ridicule, dit soudain Liz. C'est censé être une occasion joyeuse !

— Eh bien, tu sais, c'est toi qui donnes le ton, lui rappela Max, lui fournissant toujours la force nécessaire pour mener à bien la tâche qu'elle s'était fixée.

— Exactement, répondit-elle d'un ton décidé.

Dès les derniers accords de l'air mélancolique, elle avança vers Mickey. Max la regarda chuchoter quelques mots à l'oreille du guitariste. Aussitôt, son visage s'éclaira et il hocha vigoureusement la tête. Alors que la jeune fille revenait vers leur table, Max vit le guitariste relayer le message à ses camarades. Tous eurent l'air ravi et préparèrent leurs instruments avec plus d'entrain.

— Mesdames et messieurs, dit Mickey dans le micro, on nous a fait une demande spéciale.

Il inclina la tête à l'adresse de Liz, en signe de gratitude.

— Allons danser, dit la jeune fille en tirant Max par la main.

A cet instant, les Whits entamèrent un autre air. Cette fois, le rythme était plus rapide, et beaucoup plus gai. Maria se leva dans sa robe arc-en-ciel et s'empara du micro pour entonner la chanson qu'elle avait souvent interprétée quand elle faisait partie du groupe. Bientôt, tout le monde dansa, y compris la mère d'Alex – avec Jim Valenti.

Une seule personne était restée assise.

— Je ne crois pas que la danse soit le truc de M. Whitman, dit Max en désignant le père d'Alex.

— Oh, tu serais surpris, répondit Liz en riant. Si tu l'avais vu, quand nous étions en sixième ! Cette année-là, il chaperonnait le bal de fin d'année. Il m'a appris des pas que je ne connaissais pas et que j'ai été incapable de reproduire depuis.

« Si tu veux bien m'excuser.

Max hocha poliment la tête, et Liz lui faussa compagnie pour aller inviter M. Whitman à danser. Le père d'Alex commença par refuser, mais la jeune fille lui fit son fameux sourire charmeur – que Max connaissait si bien. Il savait par expérience qu'aucun homme ne pouvait y résister, quel que soit son âge.

Quelques secondes plus tard, M. Whitman eut rejoint les autres. Se sentant idiot, tout seul sur la piste de danse, Max approcha de la seule autre personne qui ne participait pas aux festivités.

— Tu comptes rester caché ici toute la soirée, Michael ? demanda-t-il en entrant dans la cuisine du restaurant.

— C'est l'endroit le plus sûr, au cas où Maria aurait envie de faire une scène, répondit le jeune homme, occupé à faire cuire des hamburgers sur le gril.

— Tu devrais être plus gentil avec elle, dit Max en s'appuyant au comptoir. Ce n'est pas facile pour elle.

— C'est bien pour ça que je reste dans la cuisine, lâcha Michael.

Max aurait bien voulu se plonger dans le dernier petit drame de la relation entre Michael et Maria. Mais il ne pensait pas avoir assez d'énergie pour ça. Apporter un soutien émotionnel à Liz et à Isabel l'avait épuisé, surtout qu'il se reprochait toujours la mort d'Alex.

Depuis deux mois, des dizaines de « et si » lui avaient traversé l'esprit tandis qu'il essayait de savoir s'il aurait pu faire en sorte que les choses ne tournent pas comme elles l'avaient fait. Mais Max savait qu'il était tout aussi incapable de changer le passé que de prévoir ce que l'avenir leur réservait, à ses amis et à lui. Il avait tant de choses en tête qu'il n'arrivait à se concentrer sur aucune.

— Toi et Liz, ça baigne ? demanda Michael, suivant la direction de son regard.

— Oh, oui, répondit Max sans quitter des yeux la piste de danse. Ça faisait longtemps que nous n'avions pas été si proches.

— Alors, pourquoi la regardes-tu ainsi ?

— C'est M. Whitman, répondit-il, heureux de voir une expression joyeuse sur le visage du père d'Alex, la première depuis des mois.

M. Whitman faisait virevolter Liz, la soulevant dans les airs. Max n'avait vu ce genre de chose qu'au cinéma.

— Je ne sais pas comment il fait.

— Fait quoi ? demanda Michael. Ces figures de danse, tu veux dire ?

Malgré son humeur sombre, Max sourit. Les subtilités de la vie semblaient souvent échapper à Michael, un défaut qui ne facilitait pas ses relations avec Maria. Mais Max savait que son ami comprenait mieux les choses qu'il ne le laissait voir.

— Je ne sais pas comment il fait pour continuer à vivre, expliqua-t-il. Il a élevé Alex, et aujourd'hui, son fils est parti pour toujours. Comment un père accepte-t-il ça ?

— Je n'ai pas l'impression qu'il ait le choix, dit Michael en continuant à retourner les steaks hachés. Ça fait deux mois qu'Alex est mort… et que Tess est partie.

— Ça n'a rien à voir avec le départ de Tess !

— Non ? fit Michael, qui connaissait déjà la réponse. Ton fils doit être né, maintenant ?

— Si Tess n'a pas menti en prétendant que la gestation extraterrestre ne durerait qu'un mois, alors, c'est vrai, j'ai un fils.

— Nous le récupérerons, Max, assura Michael, oubliant un instant la nourriture sur le gril. (Il posa une main sur l'épaule de son ami, comme pour souligner ses paroles.) Je te le promets.

— Je sais, répondit Max, qui n'avait pas le moindre doute à ce sujet. Mais ensuite ?

— Eh bien, nous l'élèverons.

— Toi et moi ? demanda Max, ne plaisantant qu'à moitié. Comment élève-t-on un hybride mi-extraterrestre, mi-humain ? Je ne suis moi-même qu'un enfant !

— Max, tu n'as jamais été un enfant. Même quand nous sommes sortis de nos capsules d'incubation, avec l'apparence de gosses de six ans. Tu as été un adulte ta vie entière. Bon sang, tu étais un adulte *avant* cette vie.

— C'est juste…

— Tu as l'intention de rester planqué ici toute la soirée ? demanda Maria sur un ton accusateur.

Elle entra comme une tornade dans la cuisine, Liz sur les talons.

Ayant terminé sa chanson, Max supposa qu'elle était furieuse que son petit ami n'ait pas jugé bon d'assister à sa performance.

— J'aide Max à régler des problèmes importants au sujet de la paternité, répondit Michael, histoire de changer de sujet et de décourager Maria de lui faire une nouvelle scène.

— Merci, Michael, grommela Max entre ses dents.

Il avait espéré, à tort, que ses problèmes personnels pourraient le rester… au moins un peu.

Aussitôt, il vit une inquiétude familière voiler le regard de Liz. Il aurait voulu lui épargner ces soucis supplémentaires, au moins ce soir.

Max essaya de ne pas en vouloir à Michael de s'être servi de leur conversation privée pour distraire Maria, mais ça n'était pas facile.

— Et puis, ajouta Michael, je cuisine.

— Tout m'a l'air cuit, fit Maria en regardant les steaks hachés. Cuit à point, en fait. Allez, viens, apportons la nourriture pendant que maman nous fait son interprétation de la Terre Mère.

— Je ne voudrais manquer ça pour rien au monde, répondit Michael, sarcastique, en déposant les steaks sur des pains ronds.

Maria sortit les frites de la cuve et renversa le panier au-dessus d'un grand plat. Le silence retomba alors qu'ils disposaient la nourriture pour faciliter le service. Liz attendit un moment plus propice pour poser la question qui lui brûlait les lèvres depuis que Maria et elle étaient entrées et avaient été si fraîchement accueillies par Michael.

Quand ils eurent fini de tout arranger sur des plateaux, Michael et Maria sortirent sans un mot, laissant leurs amis en tête-à-tête.

— Tu veux en parler ? demanda Liz, à peine la porte refermée sur eux.

— Pas ce soir, répondit Max. Ce soir, c'est moi qui suis là pour toi, et pas l'inverse.

— Nous savons tous les deux que ça ne marchera jamais, dit Liz. Alors pourquoi ne pas aller droit au but et me dire ce qui ne va pas ?

— Pourquoi ne me laisse-t-on pas me complaire dans mon malheur ?

— Parce que la dernière fois que tu as fait ça, tu t'es soûlé avec Kyle et tu as bousillé mon rendez-vous galant, répondit Liz, lui rappelant une de ses performances les moins « stellaires », environ un an plus tôt. Crache le morceau !

— J'ai juste quelques regrets paternels…

— Nous récupérerons le petit !

— Comme je viens de le faire remarquer à Michael, ce n'est pas le problème.

Une fois encore, son regard se posa sur M. Whitman, qui faisait pirouetter sa femme sur la piste de danse.

— Tu te demandes ce que tu feras de lui, une fois que tu l'auras récupéré ?

— Je regarde le père d'Alex, et je ne m'imagine pas pouvoir surmonter ce genre de douleur. Son fils menait une vie dont il ignorait tout, et elle a fini par le tuer. Et il n'en saura jamais rien.

— Un jour, peut-être…, commença Liz, pleine d'espoir.

— Puis je pense à mon père humain, coupa Max. Les choses ne pourront jamais être vraiment franches entre nous, parce que je ne peux pas partager avec lui la partie la plus importante de ma vie. Mais il sera toujours là pour moi. J'ignore si j'ai une telle force.

— Bien sûr que tu l'as !

— Vraiment ? Pense à Valenti, qui a élevé seul son fils. Ces deux-là sont si proches... Serai-je jamais aussi lié à mon fils ?

— La mère de Kyle les a abandonnés il y a plus de dix ans. Ils n'ont pas eu le choix.

— Comment pourrais-je avoir ce genre de lien avec mon fils après l'avoir arraché à sa mère... La femme qui a tué un de nos meilleurs amis ? Comment tout lui expliquer, alors que je ne comprends pas moi-même ?

Max savait que Liz mettait ses sentiments pour Alex entre parenthèses afin de l'aider à surmonter cette crise. Et il s'en sentait plus mal.

— Je l'ignore. Mais je sais que tu feras un père formidable. Tu es un leader-né. Littéralement. Etre père, ce n'est rien à côté de régner sur une planète...

— Tu ne crois pas que c'est un peu vite dit ?

— C'est vrai, mais c'est le mieux que je puisse faire pour l'instant. (Liz s'éclaira soudain.) Hé, j'ai une idée ! Mes parents m'envoient à Artesia ce week-end, pour garder le fils de leurs amis. Pourquoi ne viendrais-tu pas avec moi ? Tu auras l'occasion de t'occuper d'un gamin de douze ans.

— Je doute que nos parents soient ravis que nous passions le week-end seuls tous les deux, répondit Max.

— Alors, nous ne leur dirons rien. Ce ne sera pas le premier truc que nous leur cacherons. Et nous ne serons pas seuls. Jason sera là. Et il n'en parlera à personne.

— Je ne sais pas...

— Bien. C'est décidé. Tu viens !

Comme pour confirmer la fin de leur conversation, Michael revint dans la cuisine.

— Max, ta sœur te cherche partout, dit-il. Liz a réussi à résoudre ton problème ?

— Presque, répondit-elle. J'étais justement...

Avant qu'elle n'ait pu finir sa phrase, la porte de derrière s'ouvrit à la volée.

Inquiets, Max, Liz et Michael coururent dans la pièce du fond. Ils y trouvèrent Kyle, toujours en bleu de travail. Il haletait et il était très pâle.

— Eh ben, fit Michael. Tu as une tête à faire peur.

CHAPITRE II

— Ah, te voilà enfin ! s'exclama Isabel en découvrant son frère dans la salle du fond. Viens, nous sommes les suivants.

Elle lui enfonça une casquette de base-ball sur la tête et le prit par le bras.

— Iz, une minute…, dit-il.

Mais elle ignora ses protestations.

— Quelle que soit la situation tragique où tu te trouves, elle attendra. (Elle le tira vers la cuisine.) Nous avons un sketch à jouer.

Le moment était venu pour Isabel de présenter ses respects au seul garçon qui l'avait vraiment aimée, même si elle l'avait repoussé – pas parce qu'elle ne l'aimait pas, mais parce qu'elle ne voulait pas qu'il soit blessé. Mais il l'avait été – pire, il était *mort*. Puisqu'elle ne pouvait pas changer le passé, elle ferait de son mieux pour lui faire honneur.

— Isabel…, souffla Kyle, au moment où elle poussait la porte battante.

— Salut, Kyle ! Content que tu sois là pour notre numéro.

Sur ce, elle entraîna Max hors de la cuisine.

— Je refuse de rater ça, dit Michael en leur emboîtant le pas.

Restée seule avec son ancien petit ami, Liz lui demanda :

— Qu'est-ce qui ne va pas ?

— Rien, répondit-il d'un ton peu convaincant.

— Tu es sûr ? Michael a raison. Tu n'as pas l'air bien.

— Je manque de sommeil… Nous devrions aller voir.

Kyle passa dans la salle du restaurant et trouva un siège vide.

Isabel entra dans le faisceau du spot – également emprunté au lycée. Max, Michael et elle y avaient fait un tour pendant le week-end, pour y prendre tout ce dont ils avaient besoin. Cette visite n'entrait pas dans le cadre du programme scolaire, et ils n'avaient pas la permission d'emprunter le matériel. Mais c'était les vacances d'été, et ils comptaient le remettre en place avant qu'on s'aperçoive de sa disparition.

Portant elle aussi une casquette de base-ball, la jeune fille attendit que son frère ait fini d'aider Mme DeLuca à ramasser les paillettes, les confettis et les bouts de gras qu'elle avait jetés pendant son numéro de *performance art*. Ç'avait été un tribut poignant, même si Isabel ne comprenait pas bien le rôle des bouts de gras.

Mettant à profit ce délai, Isabel répéta le sketch dans sa tête. Elle avait réussi à convaincre son frère de le jouer avec elle, lui rappelant qu'Alex avait adoré les vieilles comédies, surtout avec Abbott et Costello.

Alex avait même réussi à la traîner au marathon des films classiques, qui avait lieu une fois par an à Roswell, au *Palace*. Il avait souvent essayé de la convaincre d'aller voir des classiques, et elle était heureuse de lui avoir cédé une fois. Au début, elle s'était demandé si un sketch comique ne serait pas déplacé à une cérémonie du souvenir, mais Liz l'avait assurée que c'était tout à fait dans l'ambiance de la soirée. Donc, en mémoire d'Alex, elle avait choisi d'interpréter le célèbre « Qui est en première base ? » d'Abbott et Costello.

Mme DeLuca ayant enfin réussi à nettoyer tous les vestiges de sa représentation, Isabel approcha du micro. Elle inspira profondément, puis se lança dans l'introduction qu'elle avait soigneusement répétée.

— Alex adorait rire, dit-elle. Même dans les moments de crise, il réussissait toujours à sortir un commentaire tellement hors de propos que la tension était rompue. C'est pour ça que mon frère et moi avons décidé d'interpréter devant vous un de ses sketchs préférés, légèrement altéré pour correspondre aux compétences des acteurs.

S'accordant un instant, Isabel ne put s'empêcher de regretter qu'il n'y ait pas plus de visages connus dans l'assistance. Naturellement, Alex lui manquait cruellement, mais elle avait espéré que Jesse Ramirez viendrait.

Elle ne sortait pas depuis très longtemps avec le séduisant avocat qui travaillait pour le cabinet de son père, mais elle savait qu'ils étaient destinés à être ensemble pour toujours. Bien sûr, ce « pour toujours » devrait attendre qu'elle ait trouvé le courage d'annoncer à sa famille et à ses amis qu'ils se voyaient. Les choses étaient beaucoup trop compliquées, en ce moment, pour qu'elle raconte à tout le monde qu'elle tombait amoureuse tout en pleurant la mort d'Alex. Et elles le seraient encore davantage quand le temps viendrait de mettre Jesse au courant de sa vie d'extraterrestre.

Pour le moment, elle avait envie de profiter de Jesse – bref, de vivre comme toutes les adolescentes. Aussi longtemps que Jesse et elle garderaient leur liaison secrète, une partie importante de sa vie serait absolument normale. Un bonheur rare.

— Euh… j'ai récemment acheté une équipe de base-ball, commença Max, qui était à côté d'elle sur la scène.

Ramenée au présent, Isabel lui donna la réplique.

— Oh, vraiment ? fit-elle. J'*adore* les joueurs. Dites-moi leurs noms.

— Eh ben, répondit Max, entrant dans la partie comique du sketch. *Qui* est en première base…

— C'est bien ce que j'aimerais savoir, coupa Isabel.

— Et c'est ce que je vous dis, dit Max d'un ton faussement sévère. Si vous vouliez bien m'écouter.

— D'accord, rétorqua Isabel. Qui est en première base ?

— Exactement…

— Quoi ?

— Il est en deuxième base, répondit Max.

— Qui est en deuxième base ? demanda Isabel.

— Non, corrigea Max, feignant l'ennui. *Qui* est en première base.

Quelques gloussements fusèrent. D'une certaine manière, il semblait plus facile de danser que de rire, mais le public commençait à se laisser prendre au jeu.

— Je ne sais pas ! fit Isabel, prétendant se mettre en colère.

— Il est en troisième base, dit Max au milieu des premiers éclats de rire.

Isabel adorait entendre ce son, car il lui donnait le sentiment que tout allait bien, au moins pour un temps. Plus important encore, elle comprenait enfin l'essentiel. Quand Alex l'avait traînée au marathon de films classiques, elle avait ri avec les autres, mais elle n'avait jamais compris pourquoi c'était si important. Etant sans cesse obligée de fuir le FBI ou d'affronter une attaque des Skins, elle avait peu d'occasions de rigoler. Elle comprenait enfin le pouvoir de l'humour – et pourquoi Alex semblait toujours avoir une histoire drôle ou un commentaire ironique quand elle en avait le plus besoin.

Mais elle s'aperçut qu'une personne ne riait pas. Au début, elle avait remarqué Kyle, parce qu'il dodelinait de la tête.

Qu'arrive-t-il à Kyle ? se demanda-t-elle. *Il a l'air si... terrifié.*

Elle prit mentalement note de lui poser la question plus tard. Pour l'instant, elle devait se concentrer, sinon elle risquait de s'embrouiller dans ses répliques.

— Laissez-moi tout remettre dans l'ordre, dit-elle. La balle est lancée à Qui. Mais qui que ce soit qui est en première base la fait tomber, et le coureur se précipite vers la deuxième. Alors, Qui ramasse la balle et la lance à Quoi. Quoi la lance à Je-ne-sais-pas. Je-ne-sais-pas la lance à Demain. Puis, disons qu'un autre type se lève pour lancer une balle à Parce-que. Pourquoi ? *Je ne sais pas !* Il est en troisième base et je m'en fiche !

— Hein ? fit Max.

— J'ai dit : je m'en fiche ! répéta Isabel, feignant l'épuisement total.

— Oh, c'est le meilleur, pour les arrêts courts.

Le public était plié de rire.

Cette soirée était exactement ce dont ils avaient besoin. Un moyen de se souvenir d'Alex avec tendresse, sans que des soucis extraterrestres viennent tout gâcher. Ils s'étaient réunis pour se soutenir les uns les autres alors qu'ils commençaient à accepter la mort d'Alex. Bien sûr, ils ne l'oublieraient jamais, mais il était temps pour eux de commencer à guérir et de continuer à vivre. Et tout le monde semblait bien s'amuser.

Tout le monde, sauf Kyle.

Descendant de la scène, le frère et la sœur acceptèrent les félicitations et les claques dans le dos de leur public. Liz avança pour serrer Max dans ses bras et lui donner le genre de baiser qu'Isabel ne les avait pas vus échanger depuis une éternité. Un instant, elle fut jalouse de ne pas pouvoir faire ça en public avec Jesse. Mais les avantages de sa relation clandestine avec lui valaient bien quelques regrets.

Sans quitter Kyle des yeux, Isabel fendit la foule tandis que le groupe se remettait à jouer. Le jeune homme avait les yeux rivés sur son soda, comme s'il était hypnotisé par les bulles. Près du verre, ses doigts tambourinaient sur la table.

Tap, tap, tap. Tap, tap.

Tap, tap, tap. Tap, tap…

Isabel se souvint de ce que Liz lui avait expliqué : tambouriner des doigts était un des effets secondaires qui affectaient les victimes des manipulations mentales de Tess. C'était arrivé à la mère de Maria, après que l'extraterrestre l'eut forcée à oublier une soirée particulièrement mouvementée au Musée de l'OVNI. Quand Mme DeLuca avait commencé à se souvenir, elle avait tambouriné des doigts. C'était aussi arrivé à Kyle quand il avait recouvré la mémoire, au sujet de la mort d'Alex.

Mais Maria, qui surveillait sa mère, avait constaté la fin de ce phénomène depuis des semaines.

Alors, pourquoi Kyle est-il toujours frappé ?

— Alors quoi, ton soda est plus intéressant que notre sketch ? demanda-t-elle en souriant.

On eût dit que Kyle ne l'avait pas entendue. Il mit un temps fou avant de relever la tête et de la regarder.

— Oh, euh, non… Non. Je… je réfléchissais, c'est tout.

— Quelque chose ne va pas ? demanda Isabel en s'asseyant près de lui.

— Oui, répondit Kyle en se levant. Pouvons-nous aller dans un coin tranquille pour en parler ?

Sans attendre sa réponse, Kyle marcha vers l'arrière du *Crashdown*. Ayant épuisé leur répertoire de chansons originales, les Whits avaient enchaîné sur le Top 40. Bizarrement, Maria ne s'était pas jointe à eux.

Inquiète pour son ami, Isabel se fit un devoir de suivre Kyle. Malheureusement, quand ils entrèrent dans la salle du fond, ils y trouvèrent Michael et Maria au milieu d'une de leurs disputes d'amoureux. Ça expliquait pourquoi la chanteuse n'était pas sur scène avec ses petits camarades.

— Et regarde ton jean ! lâcha Maria, qui ne hurlait pas – mais c'était tout juste.

Elle ne voulait sans doute pas gâcher la fête…

— Maintenant, tu vas t'en prendre à mes vêtements ? riposta Michael.

— Il est noir ! Or, Liz avait formellement interdit cette couleur pendant cette soirée. Dis-moi, c'était une règle trop difficile à comprendre ? Ou aurais-je dû t'apporter un éventail de couleurs, pour que tu puisses en choisir une qui soit appropriée ?

— Désolé de ne pas avoir une garde-robe inépuisable. Et je crois que tu arbores assez de couleurs pour nous deux.

— Navré, marmonna Kyle, en commençant à tourner les talons.

Mais Isabel refusait catégoriquement d'assister à ce genre de scène au cours de cette soirée.

— Ne pourriez-vous pas cesser de vous disputer ? demanda-t-elle. Au début, c'était plutôt mignon, vos querelles d'amoureux, mais aujourd'hui, vous dépassez les bornes. Maria, tu ferais mieux d'aller accompagner le groupe. Et toi, Michael, pourquoi n'irais-tu pas l'écouter chanter ?

Sans un mot, Michael et Maria quittèrent la pièce. Dès que la porte se fut refermée sur eux, Isabel éclata de rire.

— Certaines personnes ont une drôle de manière d'exprimer leurs sentiments.

— Ouais, se contenta de répondre Kyle.

— Bon, Kyle, crache le morceau !

Il inspira profondément, comme s'il essayait de gagner du temps – pour se convaincre de parler ou pour se préparer à la réaction d'Isabel ?

— Tu te souviens du soir où tu m'as emmené dans les rêves de la Playmate de l'Année du magazine *Playboy* ?

Isabel commença à envisager le pire.

— Oui. Après, j'ai dû prendre le bain le plus long de ma vie. Et je ne me sentais toujours pas propre, après m'être frottée aux choses que tu as dans la tête.

— J'y ai beaucoup pensé, ces derniers temps, continua-t-il, sans la moindre trace d'humour grivois.

Il s'était mis à tambouriner contre la porte métallique du casier de Liz.

Tap, tap, tap. Tap, tap…

— Oh, je n'en doute pas, fit Isabel, lui prenant la main pour faire cesser ce staccato infernal. Mais nous ne recommencerons pas. Pas question. En général, je n'emmène pas d'invité quand je vais me promener dans les rêves.

— Ce n'est pas ce que je veux.

— Alors quoi, Kyle ?

Isabel regarda par la lucarne de la porte battante. Elle devait s'assurer qu'aucun des convives qui n'appartenait pas à la bande ne surprendrait leur conversation – plus par habitude que parce qu'elle était véritablement inquiète.

— Je te trouve d'une humeur plutôt étrange. Je veux dire, nous sommes tous bouleversés, c'est évident. Mais je ne pensais pas qu'Alex et toi étiez si proches.

— En ce moment, je me sens plus proche de lui que quiconque, répondit Kyle. Je l'ai tué, après tout.

— C'est ridicule ! C'est *Tess* qui l'a tué. Tu n'as rien à voir avec sa mort.

— Si je n'étais pas entré dans la chambre, si je n'avais pas ouvert la porte au moment où je l'ai fait, Tess n'aurait pas endommagé l'esprit d'Alex. Elle a voulu le faire taire. Elle l'a tué à cause de moi.

Isabel s'accorda un moment pour remettre de l'ordre dans ses pensées. Elle n'était pas préparée à avoir ce genre de conversation, mais ce qu'elle allait dire devrait le convaincre de son innocence.

— Si je n'avais pas présenté Alex à Tess, rien de tout ça ne serait arrivé. Si Liz ne lui avait pas confié notre secret, rien de tout ça ne serait arrivé. Et si notre vaisseau spatial s'était écrasé près de Tupelo, Mississippi, rien de tout ça ne serait arrivé…

« Kyle, il y a sans doute des millions de choses qui auraient pu empêcher ce drame, mais aucun de nous n'a le pouvoir de prévoir l'avenir.

— Mais vous pouvez changer les choses après coup, insista Kyle. Vous pouvez changer les *gens*.

Isabel comprit où il voulait en venir.

— Kyle, Tess a manipulé ton esprit pour que tu l'aides à maquiller la mort d'Alex en accident. Tu n'avais pas conscience de ce que tu faisais.

— Je l'ai chargé dans la voiture comme un vulgaire sac !

— Parce que tu *croyais* qu'il *était* un sac ! Tu n'avais aucun contrôle de tes actes. Tess te manipulait.

— Ce n'est pas une consolation. Bouddha a dit : « Ne tue point, et respecte la vie. »

Isabel n'avait pas de bonne réponse à cela. Du coup, elle se contenta de la plus évidente.

— Je me fiche de ce que dit Bouddha. Je doute qu'il ait pris en considération les pouvoirs extraterrestres de manipulation mentale, quand il a développé sa philosophie de la vie.

Cette fois, elle réussit à arracher un petit sourire à Kyle. Mais il disparut presque aussitôt. Pendant la courte pause qui suivit, ils écoutèrent la musique qui venait du restaurant. Apparemment, Maria avait suivi le conseil d'Isabel et s'était de nouveau jointe aux Whits. Elle interprétait une chanson de Save Ferris.

Alex avait beaucoup apprécié ce groupe.

— Kyle, pourquoi me dis-tu tout ça ? demanda-t-elle.

— Ces dernières semaines, j'ai beaucoup de mal à dormir. Je n'arrête pas de revivre la mort d'Alex dans ma tête. Chaque fois que je ferme les yeux, je me revois entrer dans la chambre et les surprendre. Parfois, je suis à la place d'Alex. D'autres fois, je vois des choses étranges, des trucs qui n'ont rien à voir. Et que je ne comprends pas.

— Quel genre de choses ?

— Tout, dit Kyle. Et rien, aussi. Je ne peux pas l'expliquer.

— C'est pour ça que tu as toujours l'air si fatigué.

— Ça ne m'arrive pas seulement quand je dors. Cet après-midi, par exemple, je travaillais quand j'ai eu des visions… La voiture d'Alex percutant le camion ! Isabel, je n'étais même pas présent quand c'est arrivé !

Elle savait de quoi il parlait, parce qu'elle aussi avait « vu » cette scène. Il était normal d'imaginer cela…

— Je crois que c'est la seule manière que trouve notre esprit de nous expliquer certaines choses. Puisque nous n'en avons pas été témoins, notre cerveau bâti un scénario, afin de nous permettre de faire notre deuil petit à petit.

— Il ne s'agit pas de ça, dit Kyle, très sûr de lui. Ça empire. Chaque fois.

— Comment ça ?

— Au début, il s'agissait de cauchemars et de rêves éveillés. Des trucs parfaitement normaux, quand on vient de perdre un ami. Mais aujourd'hui, j'y pense sans cesse. Quoi que je fasse, je n'arrête pas de voir des choses sur lesquelles je n'ai aucun contrôle !

— Alors, qu'attends-tu de moi ?

— Eh bien, puisque le problème vient de mes rêves, je me suis dit que tu pourrais peut-être y entrer et tout arranger.

— Arranger tes rêves ?

— Ce ne serait pas la première fois que tu manipulerais les rêves de quelqu'un. Je m'endors, tu entres dans ma tête et tu effaces toutes les images ayant un rapport avec la mort d'Alex.

— Ce que tu me demandes de faire, dit Isabel, ce n'est pas de manipuler tes rêves, mais de déplacer tes souvenirs.

Quand je pénètre dans les rêves des autres, ça n'est qu'une récréation sans conséquence. Je ne touche qu'au rêve. Ça… c'est autre chose.

— Mais, Tess…

— Elle avait des pouvoirs très différents des miens. Je ne peux pas entrer dans ta tête pour modifier tes pensées.

— As-tu déjà essayé ?

— Non.

— Alors, comment sais-tu que… ?

— C'est trop dangereux, coupa Isabel. Nous ignorons quelles pourraient être les conséquences pour toi. Oublie ça, c'est bien trop périlleux.

— Je suis prêt à courir ce risque. Je n'ai rien à perdre.

— Alex est mort parce que Tess est allée trop loin. Je refuse de faire la même chose.

— Mais c'est le seul moyen !

— As-tu pensé à entreprendre une thérapie ? Peut-être un truc plus interactif que tes conversations avec Bouddha ?

— Crois-moi, j'adorerais pouvoir parler de tout ça à quelqu'un. Mais à qui ? Dis-moi à quel thérapeute de notre bonne vieille Terre je pourrais expliquer que je suis hanté par les images d'un meurtre auquel j'ai pris part parce qu'une extraterrestre manipulait mon esprit ? J'adorerais pouvoir chercher une aide normale, mais *normalité* et *Roswell* sont deux mots qui ne vont pas ensemble.

Isabel ne put le nier. Max, Michael et elle avaient vécu avec ce secret toute leur vie. Ils avaient compris dès le début qu'ils étaient différents. Mais leurs amis avaient été entraînés dans leurs folles existences, et leur conception de la réalité en était sens dessus dessous.

Isabel ne pouvait s'empêcher d'estimer qu'elle était redevable à Kyle, mais elle ne pouvait pas risquer sa vie.

— Navrée, murmura-t-elle, je ne peux pas.

Isabel et Kyle se regardèrent jusqu'à ce qu'une chose totalement imprévue brise leur concentration. Apparemment, Maria faisait une pause…

— C'est mon père ? demanda Kyle. Il… chante ?

CHAPITRE III

— Tu crois que nous devrions revoir tout ça une dernière fois ? demanda Max en fourrant une chemise de rechange dans son sac de voyage.

Sa sœur lâcha un soupir résigné – c'était la troisième répétition de la matinée.

— Michael et toi avez prévu d'aller passer le week-end dans le bois de Frazier. Vous avez l'intention de travailler à un projet de sciences sur les plantes natives du Nouveau-Mexique, pour qu'il puisse rattraper un peu du retard qu'il a accumulé l'an passé.

« Vraiment, Max, c'est un des mensonges les plus simples que nous ayons dû inventer. Je crois que je peux m'en sortir.

— Je ne veux pas que nos parents s'imaginent qu'il se passe quelque chose. Nous leur causons déjà bien assez de soucis comme ça.

— Maman et papa partent pour Santa Fe à la première heure demain matin et ils y restent tout le week-end, lui rappela Isabel. Je doute qu'ils remarquent ton absence.

— C'est juste… (Il s'efforça de trouver les mots pour exprimer son inquiétude.) Mais ils pensent que Liz et moi allons trop vite. Alors, je ne voudrais pas qu'ils s'inquiètent parce que nous passons le week-end ensemble, d'autant plus que nous ne serons pas *seuls*.

Isabel ouvrit les rideaux pour laisser entrer le soleil dans la chambre de son frère. Ils avaient de la chance que ce vendredi soit aussi agréable que le reste de la semaine. Depuis quelques jours, le temps était anormalement doux pour la saison. A cette époque de l'année, Roswell était généralement sous la canicule.

— Oh, fit Max, se souvenant d'une dernière recommandation. Assure-toi que Michael ne se montre pas ici avant leur départ. Il connaît mes projets, mais je ne sais jamais s'il fait vraiment attention à ce que je lui dis.

— Souviens-toi de ça quand ton propre fils sera adolescent, le taquina sa sœur. Je crois que c'est la meilleure leçon à retenir quand on doit s'occuper d'un ado : « Que faire quand on croit que son fils ment ».

— Très drôle, grogna Max, sachant qu'il en faisait sans doute un peu trop.

Il savait qu'elle avait raison de le lui faire remarquer, mais il ne lui avait jamais été facile de mentir à ses parents. Enfin, pour une fois, il leur cachait un simple truc d'adolescent, pas une conspiration extraterrestre.

A part la partie au sujet du fils que j'ai sur une autre planète, pensa-t-il.

Il se consolait un peu en pensant qu'il n'aurait jamais plus à cacher autant de secrets qu'il avait dû le faire depuis sa « naissance ».

— Ne dois-tu pas passer prendre Liz ? demanda Isabel en regardant sa montre.

Elle fit la grimace, faisant comprendre à Max que tout retard empiéterait sur les projets qu'elle avait faits pour la journée.

— Je m'en vais, répondit-il, jetant son sac sur son épaule et marchant vers la porte. Tu as prévu quelque chose, ce week-end ?

— Oh, rien de spécial, répondit-elle en le suivant. Je vais traîner un peu avec Kyle et faire des tas d'autres trucs.

Bien sûr, ces « tas d'autres trucs » faisaient référence à Jesse. Le soir, elle devait le retrouver pour prendre un café. Et ils avaient prévu de passer toute la journée du lendemain ensemble. La famille Evans étant absente, c'était une chance inespérée. Pour une fois, ils n'auraient pas à avoir peur de tomber sur Max ou sur les parents de la jeune fille. Roswell n'était pas une grande ville, mais on s'y sentait incroyablement à l'étroit quand un simple dîner à deux se transformait en activité clandestine.

Et elle désirait vraiment passer un peu de temps avec Kyle. Elle était sûre de pouvoir l'aider à résoudre son problème sans avoir recours à des pouvoirs extraterrestres.

— Amuse-toi bien, dit Max en ouvrant la porte.

— Toi aussi, répondit Isabel en le regardant partir.

Puis elle ajouta, d'une voix faussement sévère :

— Et sois ferme avec ce gamin !

— Ne t'inquiète pas, répondit-il gaiement.

Alors qu'il avançait vers sa voiture, il pensa qu'il était vraiment impatient de voir ce que lui réservait ce week-end.

Max sauta au volant de la décapotable et mit le contact. Il était toujours en phase d'adaptation. Ce véhicule avait une conduite plus souple que son ancienne Jeep, mais le levier de vitesse avait tendance à se coincer.

Alors qu'il roulait vers le *Crashdown Café*, il pensa combien sa Jeep lui manquait. Sa première voiture.

Quand Isabel, Michael, Tess et lui avaient prévu de quitter la Terre, ils avaient échafaudé un plan spécifique pour expliquer leur disparition. Il avait enregistré un message sur une cassette vidéo pour leurs parents – qui ne l'avaient jamais reçu – et prévu la destruction – prématurée – de la Jeep. Ayant conduit jusqu'à une section de route déserte, Max l'avait précipitée d'une falaise, faisant exploser le réservoir d'essence avec ses pouvoirs pendant la chute.

La destruction de la Jeep avait été spectaculaire et, malheureusement, irréversible. Après la fuite de Tess, la seule des quatre hybrides à être partie, Max avait dû se trouver un nouveau moyen de transport. Et expliquer à ses parents ce qui était arrivé à l'ancien. Un mensonge de plus sur une liste qui s'allongeait de jour en jour.

Alors qu'il se garait dans la ruelle, derrière le restaurant, Max fut content de voir que Liz l'attendait, avec son sac. Maria était avec elle. Apparemment, elle faisait une pause, parce qu'elle portait son uniforme de serveuse.

Initialement, Max avait prévu d'agir comme un parfait gentleman – autrement dit, de se garer devant le *Crashdown* et d'entrer chercher Liz. Mais il aurait pris le risque de tomber sur le père de la jeune fille. Si M. Parker savait qu'il accompagnait Liz à Artesia, il ignorait que ça n'était pas seulement pour l'y déposer, mais qu'il avait l'intention de passer le week-end avec elle. Il valait mieux que Max l'évite, pour ne pas avoir à lui mentir ouvertement.

— Vous ai-je déjà dit à quel point j'étais sensible au charme d'un homme en décapotable ? roucoula Maria en laissant courir sa main sur la carrosserie.

— Je croyais que tu les préférais à moto, répondit Liz, faisant référence à Michael.

— Pas en ce moment, grogna son amie.

Espérant toujours éviter d'être impliqué dans les histoires de Michael et de Maria, Max sortit de son véhicule pour prendre le sac de Liz. Il l'embrassa sur la joue.

— Mes parents voulaient que tu entres pour te remercier de m'accompagner à Artesia, dit-elle avec un grand sourire.

L'air horrifié, Max laissa tomber le sac de la jeune fille sur la banquette arrière.

— Vraiment… ce n'est pas…

— Je leur ai dit que nous voulions nous mettre en route aussi tôt que possible, pour être sûrs de ne pas arriver en retard, ajouta-t-elle vivement, histoire de ne pas le laisser trop longtemps sur le gril.

— C'est vrai, qui voudrait affronter les bouchons monstres entre Roswell et Artesia ? ajouta Maria avec une pointe d'ironie.

La route qu'ils devaient prendre n'était jamais très fréquentée, et encore moins en fin de matinée, le vendredi.

— Que dirais-tu de partir avant qu'ils ne décident de sortir pour me remercier ? proposa Max.

Liz fit le tour de la décapotable.

— Maria, tu as le numéro, au cas où il arriverait quelque chose pendant que nous sommes absents ?

— Dans mon sac. Mais que pourrait-il arriver dans une petite ville aussi paisible que Roswell ?

Un flot de possibilités traversa leurs trois esprits, mais aucun ne dit rien, de peur de se porter la poisse.

— Amusez-vous bien, ajouta vivement Maria. Et ne vous inquiétez pas pour nous. Nous nous débrouillerons très bien sans vous.

— Dis au revoir à Michael de ma part, lança Max en démarrant. Et rappelle-lui qu'il ne doit pas aller chez moi.

— Ouais, répondit la jeune fille.

— Salut, fit Liz alors qu'ils s'éloignaient.

Maria les suivit des yeux jusqu'à ce qu'ils aient disparu au coin de la ruelle, puis retourna travailler.

Max traversa Roswell vers la 285 sud. La radio faisait un bruit de fond plaisant, rivalisant avec le vent qui sifflait à leurs oreilles. Le trajet durerait seulement une heure, mais il leur donnerait leur première vraie occasion d'être en tête-à-tête… depuis des mois.

— Alors, qui devons-nous garder, ce week-end ? demanda Max quand ils s'engagèrent sur la nationale. Tu ne m'as toujours pas expliqué qui est ce gamin et comment tu l'as connu.

— C'est mon ami Jason, expliqua Liz en se passant de l'écran solaire. Il a douze ans. Nos mères étaient les meilleures amies du monde, au lycée, et elles se sont mariées à peu près à la même époque. Quand j'étais petite, j'appelais ses parents tante Jackie et oncle Rob.

— Ouais, je vois. J'en ai aussi des comme ça…

— Jason est né quand j'avais cinq ans. Puisque nous étions enfants uniques, nous avons très vite développé une relation grande sœur-petit frère.

— Alors, comment se fait-il que tu ne m'aies jamais parlé de lui ?

— Voilà un peu plus d'un an que nous ne sommes plus en contact. Ses parents ont divorcé quand il avait six ans, et son père est parti travailler à New York. Un an plus tard, tante Jackie a rencontré un type d'Artesia, George Lyles, et elle l'a épousé.

— Oncle George ? dit Max, supposant que c'était la suite logique.

— En fait, non… Je le connais à peine, ce qui n'a rien

d'étonnant, puisqu'il vit à Artesia. Je veux dire, nos familles passent du temps ensemble. Tante Jackie m'avait même demandé de jeter des fleurs à leur mariage. Mais je n'ai jamais été assez proche de lui pour l'appeler « oncle George ».

« Je lui donne simplement du "M. Lyles".

— Donc, après le mariage, tante Jackie et Jason ont déménagé à Artesia ?

— C'était il y a un peu plus de quatre ans.

Liz lui tendit la crème solaire, mais Max déclina l'offre.

— Au début, nous allions chez eux, ou ils venaient à Roswell, une fois par mois. Puis nos visites se sont espacées. De plus en plus. M. Lyles se joignait rarement à nous quand nous allions à Artesia, parce que son ranch l'occupait beaucoup.

— Son ranch ? demanda Max, se poussant sur le bas-côté de la route pour laisser passer un véhicule roulant cinquante kilomètres au-dessus de la vitesse autorisée.

— Ils élèvent des moutons. Oh, ils n'en ont pas beaucoup. M. Lyles a hérité du ranch de ses parents. En réalité, c'est un homme d'affaires qui tient des vidéoconférences et s'envole pour Dallas une fois par mois. A la mort de ses parents, il a gardé le ranch, et il y habite.

« Bref, il y aura sans doute des employés pendant le week-end, pour s'occuper des bêtes. Mais je doute que l'un d'eux vienne fouiner autour de la maison.

— Bon à savoir, dit Max, prenant note de ne pas approcher des animaux, histoire que personne ne remarque sa présence.

— Finalement, les visites ont cessé pour de bon, mais Jason et moi sommes restés en contact, par lettres, par téléphone, et plus tard par e-mails. Il y a un an, il a cessé de me répondre. Ce qui ne m'a pas empêchée de le tenir au courant des menus détails de ma vie – autres que nos péripéties d'un autre monde, bien sûr.

— Tu as dû être surprise quand tes parents t'ont demandé d'aller veiller sur lui ce week-end.

— Eh bien, maman et tante Jackie sont restées en contact,

répondit Liz. Mais, oui, tu as raison, je ne m'y attendais pas. Ma mère a sous-entendu que Jason avait... eh bien, elle n'a pas parlé de problèmes, mais il se passe quelque chose. Tante Jackie a dû penser qu'il avait besoin d'une amie.

— Tu es sûre que ma présence ne va pas vous gêner ? Je peux te déposer et repartir, comme tes parents...

— Tu ne vas pas t'en tirer si facilement ! Tu voulais savoir ce que c'est de s'occuper d'un enfant. Eh bien, tu vas en avoir un sur les bras tout un week-end. Jason a un problème, ce n'est sûrement rien de grave. Et il va t'adorer, tu verras.

— Si tu le dis.

Mais Max avait un mauvais pressentiment.

Ils roulèrent en profitant du beau temps, se contentant d'aborder des sujets sans importance. Aucune menace extraterrestre ne se profilait à l'horizon, et leurs parents n'étaient pas là pour les surveiller. Dans ces conditions, Max pouvait profiter pleinement de la compagnie de Liz. Il lui arriva même d'éclater de rire, ce qu'il n'avait pas fait depuis très longtemps, quand ils évoquèrent leurs projets pour leur dernière année de lycée. Mais le trajet tira vite à sa fin.

Ils dépassèrent le panneau leur souhaitant la bienvenue à Artesia.

— Le ranch des Lyles est de l'autre côté de la ville, dit Liz alors qu'ils passaient devant une énorme raffinerie et entraient dans la ville proprement dite. Continue tout droit. Je te dirai où tourner.

— Reçu cinq sur cinq !

— J'avais oublié qu'Artesia était une ville si agréable, dit la jeune fille en admirant le paysage. Y étais-tu déjà venu ?

— J'y suis passé, mais sans jamais m'arrêter.

— La ville tient son nom des puits artésiens découverts en 1903, expliqua-t-elle. Elle vit de l'élevage des vaches et des moutons, et des cultures de luzerne, de coton, de piments et de pacaniers.

— Aurais-tu mémorisé un guide touristique avant de

venir ? Saurais-tu me dire combien la ville compte d'habitants, et quel temps il y fait ?

— La population avoisine les douze mille âmes, répondit Liz. Le climat est sec, et il ne tombe pas plus de vingt centimètres de pluie par an.

Quittant un instant la route des yeux, Max regarda sa petite amie, effrayé *et* impressionné par ses connaissances.

— Quand Jason a emménagé ici, je l'ai aidé à rassembler un dossier sur Artesia, pour qu'il ait moins peur de quitter Roswell. Il a insisté pour que j'en garde une copie, et je l'ai retrouvée ce matin.

— Et moi qui pensais que tu voulais me prouver combien tu es intelligente ! dit-il en lui flanquant une tape sur la cuisse.

— C'était bien mon intention, fit Liz. Il reste une dernière information importante : en 1989, un Centre d'entraînement fédéral a été ouvert ici, pour accueillir des personnes du monde entier voulant se familiariser avec les techniques de maintien de l'ordre.

Max sentit son estomac se serrer.

— Je trouve bizarre que tu aies oublié de mentionner ce détail plus tôt.

— Allez, Max ! (Liz redevint sérieuse un instant.) Inutile de t'inquiéter. Nous allons seulement passer un week-end normal à faire du baby-sitting.

On verra bien…

Liz lui indiqua qu'il devait tourner à l'intersection suivante, et il suivit ses instructions. Ils s'engagèrent dans une allée sinueuse menant à un ranch magnifique. Admirant la propriété, Max se gara derrière un Land Rover de série limitée. L'arrière était ouvert, et des sacs s'y entassaient déjà. Apparemment, M. et Mme Lyles étaient prêts à partir.

— Ah, vous êtes là, dit une voix d'homme venant de la maison dès que Max eut coupé le moteur. Bien, nous allons pouvoir nous mettre en route.

— Bonjour, monsieur Lyles, dit Liz en descendant de voiture.

Max remarqua aussitôt qu'elle avait pris le ton qu'elle

réservait aux professeurs et aux agents de police. Il vit M. Lyles répondre d'un hochement de tête, puis ranger un sac dans son coffre savamment organisé.

Le jeune homme ne put s'empêcher de penser que M. Lyles essayait de gagner du temps afin de n'avoir pas à venir les saluer.

— Liz ! cria une voix excitée dans la maison.

Max se retourna et vit débouler une femme de l'âge de sa mère. Elle gratifia Liz d'une étreinte réservée généralement aux membres de la famille.

— Tante Jackie, répondit la jeune fille, dont la voix avait repris le ton chaleureux que Max aimait tant. Je suis ravie de te revoir !

— Et qui est ce charmant jeune homme ? demanda Jackie quand elles s'écartèrent l'une de l'autre.

Max venait de sauter hors de la décapotable. Cet accueil enthousiaste le fit rougir.

— C'est Max, répondit Liz. Il m'a accompagnée…

— Oui, j'ai entendu parler de vous, jeune bourreau des cœurs, dit la femme sur un ton amical en faisant le tour de la voiture pour le serrer dans ses bras. George, viens dire bonjour.

Pour toute réponse, M. Lyles fit un signe de tête et ferma la portière arrière en la claquant.

— Nous devrions y aller, Jackie, dit-il. La route est longue, jusqu'à Santa Fe.

— Santa Fe ? demanda Max, soudain intéressé. C'est là-bas que vous allez ?

— Il y a tous les ans un festival artistique, expliqua Jackie, qui le tenait toujours par la main.

— Je sais, dit-il, ne pouvant s'empêcher de sourire devant la bonne humeur contagieuse de cette femme. Mes parents doivent y aller demain, à la première heure, pour le week-end. Ils font ça chaque année.

— Moi, j'ai enfin réussi à convaincre George de m'y emmener, annonça Jackie avec un sourire.

D'après l'expression de son mari, Max doutait qu'elle ait réussi à le convaincre que cela lui plairait.

— Il se fait tard, rappela M. Lyles.

— Oh, je croyais que nous étions en avance, dit Liz d'un ton désolé.

— Vous l'êtes, répondit Jackie en regardant son époux sans perdre son sourire. Mais personne n'est jamais assez en avance pour lui.

— Content de vous avoir rencontré, Max, dit M. Lyles, qui était toujours près de son Land Rover. Au revoir, Liz…

Il monta dans sa voiture et mit le moteur en marche.

Le sourire de tante Jackie s'effaça.

— Jason est dans sa chambre, dit-elle en faisant de nouveau le tour de la décapotable pour serrer une dernière fois Liz dans ses bras. Désolée de devoir partir si vite. Max, je suis ravie d'avoir fait votre connaissance. Je vous reverrai dimanche, quand vous reviendrez chercher Liz.

Max la regarda monter en vitesse dans le Land Rover. M. Lyles démarra dès qu'elle eut fermé sa portière.

— Eh bien, c'était plus facile que je ne l'avais cru, dit Max en rejoignant Liz.

— Une fois n'est pas coutume !

Les deux jeunes gens entrèrent par la porte de derrière, restée ouverte. C'était la plus grande maison qu'ils aient visitée – elle avait même un second étage. Max s'émerveilla de la taille de l'habitation et admira les meubles hors de prix en parfait état. C'était d'autant plus surprenant qu'un préadolescent vivait entre ces murs.

Il y eut autre chose qu'il ne put s'empêcher de noter : la blancheur immaculée du décor. Alors qu'il entrait dans le salon, il aperçut le canapé et les fauteuils blancs, la peinture blanche et brillante, sur les murs, et les rideaux blancs. Cela lui donna le sentiment de devoir prendre une douche avant de toucher quelque chose.

— Propre, hein ? fit Liz, lisant dans ses pensées.

— Tu es sûr qu'un gamin vit ici ?

— Il m'a fallu un certain temps pour m'y habituer.

Liz regarda autour d'elle et ajouta, essayant d'expliquer l'absence de son jeune ami :

— Jason ne doit pas encore savoir que je suis là.

— Tu ne trouves pas étrange que ses parents ne lui aient pas dit au revoir avant de s'en aller ?

— Ils ont dû le faire avant notre arrivée. Tante Jackie ne serait jamais partie sans s'être assurée que Jason allait bien. Attends un peu de l'avoir rencontré. C'est le gamin le plus charmant que je connaisse. (Elle monta l'escalier, se souvenant que sa chambre était à l'étage.) Je reviens tout de suite.

Pendant que Liz était en haut, Max continua de faire le tour du rez-de-chaussée. Du salon, il passa dans un bureau. S'il n'était pas aussi blanc que la pièce précédente, il n'en restait pas moins d'une propreté exemplaire. Il présuma que c'était de là que M. Lyles donnait ses téléconférences.

Il traversa ensuite la salle à manger et la cuisine, plus immaculées l'une que l'autre. Les chromes des éléments luisaient, tant ils étaient astiqués. Les plaques de cuisson avaient l'air de n'avoir jamais servi, tout comme le micro-ondes – il vérifia en entrebâillant la porte. Ils ne dîneraient pas avant des heures, et il avait déjà peur de renverser quelque chose !

Son tour du propriétaire le ramena dans le salon, où il s'aperçut que Liz mettait vraiment une éternité à redescendre avec Jason. Puis il se dit qu'ils devaient rattraper le temps perdu, et leur accorda encore quelques minutes.

Après ce laps de temps, ne les voyant toujours pas venir, Max monta et suivit la voix de sa petite amie jusque devant une chambre à coucher.

— Allez, Jason, disait-elle. Laisse-moi entrer.

Silence.

— Un problème ? demanda Max.

— Jason refuse de m'ouvrir.

Max frappa à son tour, en vain. Le mauvais pressentiment qu'il avait eu un peu plus tôt revint l'assaillir.

— Jason, appela-t-il. Je suis l'ami de Liz, Max. Quelque chose ne va pas ?

Silence.

Ça ne va pas être drôle, pensa le jeune homme.

CHAPITRE IV

Assis sur le canapé, Kyle sentait ses yeux se fermer tout seuls. Il avait allumé la télévision et regardait un des programmes les plus stupides qu'il lui ait été donné de voir. Cette nuit encore, il n'avait dormi que quelques heures. Alors, mort de fatigue, il se moquait bien de l'homme et de la femme qui se déchiraient sur l'écran, sous le regard d'un présentateur à l'air bovin.

Ma vie pourrait être bien pire, se dit-il. *Si j'étais un de ces deux-là…*

Ayant remarqué ses performances peu brillantes au cours des derniers jours, son patron l'avait renvoyé chez lui, ajoutant qu'il ne voulait pas le voir du week-end. Dans un garage, un employé qui dormait debout était dangereux.

Ayant encore toute la journée devant lui, Kyle savait qu'il aurait dû essayer de rattraper un peu de son sommeil. Mais chaque fois qu'il fermait les yeux, il se passait la même chose.

Flash.

Alex s'écroulant sur le sol de sa chambre.

Flash.

Alex, le corps désarticulé et ensanglanté dans sa voiture accidentée.

Flash.

Kyle assis tout seul dans sa chambre, la porte fermée à clé.

On frappa.

Dans son rêve – et à ses oreilles. Les yeux de Kyle s'ouvrirent quand il crut entendre quelqu'un appeler son nom.

La voix était familière et amicale. De retour dans le royaume des vivants, il comprit qu'il y avait quelqu'un à la porte.

— Oui ! cria-t-il sans se lever du canapé.

— Il était temps ! lança Isabel en entrant dans la maison. Ça faisait au moins une minute que j'étais là… Tu as une tête à faire peur.

— C'est drôle, tu n'es pas la première personne à me faire cette réflexion, ces derniers temps, répondit Kyle, essayant de ne pas s'en offenser.

Après tout, elle avait seulement dit la vérité.

— Que veux-tu ?

— Nous devrions peut-être tout reprendre depuis le début, dit la jeune fille. Bonjour, Kyle. Quoi de neuf ?

— Bonjour, Isabel.

Il essaya d'imiter son ton jovial, mais échoua lamentablement.

— Absolument rien de neuf depuis la nuit dernière, conclut-il.

— C'est pour ça que je suis là.

— Tu as changé d'avis ? demanda-t-il. Tu vas aller faire un tour dans mes rêves ? Pour mettre fin à mes cauchemars ?

— Non, Kyle, fit gentiment Isabel en s'asseyant près de lui. Mais je me suis dit que nous pourrions passer l'après-midi ensemble, histoire de te changer les idées…

Il s'efforça de ne pas montrer sa déception. Après tout, elle s'inquiétait, et elle faisait ce qui lui semblait le mieux pour lui. Mais une fois encore, il échoua…

— Isabel, ça va faire deux mois que je me suis souvenu de la mort d'Alex. Nous avons traversé d'autres épreuves depuis : l'enfant de Max et votre départ annulé… sans parler des examens de fin d'année. Alors, je doute qu'un après-midi de détente y change quelque chose.

— C'est parce que tu ignores encore ce que je te réserve. (Isabel se leva, les yeux brillants.) Allez, viens, qu'est-ce que tu as à perdre ?

Kyle accepta finalement de se lever. Avec la télécommande, il mit fin aux cris hystériques de la femme entièrement vêtue de lycra.

Je ne saurai jamais si elle a pardonné à son mari infidèle. (Il lâcha un grognement méprisant.) *Et je m'en fous !*

— Je suis venue à pied, expliqua Isabel alors qu'ils quittaient la maison. Nous allons devoir prendre ta voiture.

Kyle fourra la main dans sa poche et en tira un trousseau de clés, qu'il lui tendit.

— Tu ferais bien de conduire. Mes réflexes laissent sérieusement à désirer, ce matin.

— Ça t'ennuie, si on baisse la capote ? demanda-t-elle en s'asseyant au volant de la décapotable rouge.

— Pourquoi pas ?

Isabel mit le contact, et Kyle lui indiqua quel bouton enfoncer. Habiter Roswell avait au moins quelques bons côtés : il pouvait avoir une décapotable. Située au milieu du désert, la petite ville n'était pas souvent arrosée par la pluie. Du coup, il roulait rarement avec un toit au-dessus de la tête.

Maintenant qu'il y pensait, ce devait être pour la même raison que Max choisissait toujours des véhicules décapotables.

Kyle lutta encore pour ne pas s'endormir pendant qu'Isabel trouvait son chemin dans le labyrinthe des rues, sans cesser de parler des projets qu'elle avait faits pour eux. Bercé par sa voix, il finit par se laisser aller…

Flash.

Les vautours volaient en cercle au-dessus de sa tête.

Kyle ouvrit les yeux, s'éveillant en sursaut de ce cauchemar diurne. Il regarda Isabel, pour voir si elle s'était aperçue de quelque chose, mais elle essayait toujours de le convaincre qu'ils allaient bien s'amuser. En général, plus les gens se persuadaient qu'ils allaient prendre du bon temps, moins il y avait de chances que ce soit le cas. Mais pour Isabel, il voulait bien faire un effort et garder l'esprit ouvert. De toute manière, quoi qu'elle ait prévu, ce serait mieux qu'une journée devant de mauvais programmes télévisés.

— Nous y voilà ! annonça la jeune fille, le tirant de ses réflexions.

— Le *Crashdown* ? fit Kyle, alors qu'elle se garait sur

une place libre, devant le lieu de prédilection de la bande. C'est ça, ton grand projet ?

— Ce n'est que le début, dit Isabel en descendant de voiture. Fais-moi confiance.

Dès qu'ils eurent franchi la porte du restaurant, il apparut qu'ils tombaient en plein « coup de feu de midi ». L'été, il y avait toujours plus de monde, le restaurant à thème proposant un large choix de menus. Mais ils n'eurent pas à attendre pour trouver une table. Isabel repéra deux touristes qui se levaient, et poussa Kyle vers le box qu'ils venaient de déserter.

— J'ai pensé que Michael et Maria auraient peut-être envie de se joindre à nous, après leur service.

Alors qu'ils s'asseyaient à la table couverte d'assiettes et de verres sales, Maria arriva avec un plateau. Isabel ne l'enviait pas de devoir passer l'été à laver la vaisselle et à servir des touristes pas toujours agréables. Puis elle se rappela qu'elle devait penser à se trouver un boulot. Après avoir obtenu son bac, elle avait travaillé pendant un temps au cabinet de son père. Mais dès qu'elle avait commencé à sortir avec Jesse, les choses s'étaient compliquées. Isabel ne voulant pas vraiment devenir avocate, elle avait remercié son père de lui avoir donné cette occasion, et s'était mise en quête d'un autre avenir. Mais le temps lui manquait pour faire des recherches sérieuses… et il semblait qu'elle allait encore devoir remettre ça à plus tard. Elle avait un ami à sauver de la morosité.

— Maria, qu'avez-vous prévu de faire, Michael et toi, cet après-midi ? demanda-t-elle innocemment.

— J'ignore ce que *monsieur* a prévu de faire, mais moi, je pense me teindre les cheveux. Tu crois que le noir aile-de-corbeau m'irait ?

— Non, pas du tout, répondit Kyle, avec la plus grande honnêteté.

Maria ne sembla pas offensée par sa franchise, faisant comprendre à Isabel qu'elle pensait à ce changement radical pour choquer. Autrement dit, Michael et Maria se disputaient encore.

Quand Maria comprendra-t-elle que Michael la remarque, même quand elle ne fait rien d'insensé ?

— Si tu veux faire un essai, je peux t'aider... Comme ça, tu pourras te faire une idée, sans la moindre conséquence, au cas où ça ne te plairait pas.

— Non, c'est bon... C'était juste une idée comme ça.

— Veux-tu te joindre à nous ? demanda son amie.

— J'aimerais bien, mais ma mère a besoin de moi pour faire l'inventaire de ses nouveaux kits d'autopsie extraterrestres. Désolée.

Apparemment, elle était aussi navrée de devoir décliner l'invitation... que de la manière dont elle allait passer sa journée.

Isabel était toujours un peu mal à l'aise avec Mme DeLuca. Elle l'aimait bien, mais elle n'arrivait jamais à oublier tout à fait qu'elle gagnait de l'argent avec le crash qui avait été le plus grand drame de sa vie.

Comme quatre-vingt-dix pour cent des habitants de Roswell, pensa-t-elle en regardant les clients dévorer à belles dents leurs plats aux noms galactiques.

— Vous voulez boire quelque chose ? demanda Maria.

— Un Soda Lunaire, répondit Isabel, jugeant qu'une boisson sucrée où flottait une boule de glace était de mise.

Au diable les calories ! Les sucreries la réconfortaient toujours, alors pourquoi Kyle aurait-il été différent ?

Il hocha la tête, approbateur.

Isabel vit que Maria était sur le point de faire un commentaire. Puis elle dut se raviser, car elle tourna les talons pour aller préparer leur commande derrière le comptoir.

Isabel put se concentrer sur Kyle, qui semblait plutôt pitoyable, tassé sur la banquette.

Kyle commença à tambouriner sur la table.

Tap, tap, tap. Tap, tap.

— Je vais voir si Michael est intéressé, dit Isabel en se levant.

Tandis qu'elle traversait la salle du restaurant, elle espéra que Michael accepterait de passer l'après-midi avec eux. L'attitude de Kyle la convainquait qu'elle s'était fixé une tâche impossible. Mais la présence d'un tiers l'aiderait peut-être à le dérider. Bien sûr, Michael n'était pas vraiment la première personne qui venait à l'esprit quand on pensait à une attitude positive, mais…

Atteignant le passe-plat, Isabel se pencha et découvrit son ami à sa place habituelle, devant le gril.

— Salut, Michael !

— Que veux-tu ? répondit-il d'un ton maussade en plongeant un panier de frites dans l'huile bouillante.

Il lui tournait toujours le dos.

— Aucune importance…

Et elle battit en retraite vers sa table.

Une personne malheureuse, c'est assez pour une seule journée.

— Ça a été plutôt rapide, commenta Kyle en la voyant revenir.

Il semblait plus tassé sur son siège qu'au moment de son départ.

— Michael n'est pas vraiment d'humeur, répondit-elle. Mais quand l'est-il ?

Maria revint avec leurs boissons et en profita pour prendre leur commande. Elle semblait à peine plus heureuse que Michael. Mais comme toute serveuse, ses pourboires dépendaient de sa mine avenante. Elle souriait donc à tout-va, quel que soit son problème.

Isabel décida de ne pas demander de quoi il s'agissait. Les problèmes entre Maria et Michael finissaient toujours par se régler d'eux-mêmes.

Leur commande arriva très vite. Sans doute parce que le cuistot et la serveuse ne passaient pas leur temps à bavarder. Assise en face de Kyle, elle réussit à l'entraîner dans une conversation sur son nouveau boulot de mécano. Son but – et celui de l'après-midi – était d'éviter tout ce qui touchait de près ou de loin au sujet « extraterrestre ». Un véritable défi, à Roswell, capitale mondiale des petits hommes verts.

Après le déjeuner, Isabel traîna Kyle au musée d'Art contemporain. Elle savait que ce n'était pas le genre d'endroit qu'aimait son ami. Mais cela eut sur lui l'effet désiré.

Il plaisanta sur la collection d'art moderne, et en particulier sur les artistes. Une peinture, surtout, retint son attention. Elle représentait une ligne noire. Voyant le prix indiqué sur la plaque accrochée dessous, Kyle fut pris d'un fou rire irrépressible.

Isabel décida de revenir au musée le lendemain avec Jesse, histoire d'admirer sérieusement les œuvres d'art.

Après le musée, Isabel emmena son ami au Spring River Park. Ça faisait des années qu'elle n'y avait pas mis les pieds. Et elle pensait qu'il en allait de même pour Kyle. Elle ne parvenait pas à imaginer le jeune homme et ses copains de l'équipe de football dans un lieu où la moyenne d'âge des clients devait être de quatre ans. Cela valut le détour, rien que pour voir Kyle essayer de monter sur une balançoire trop petite pour lui. Elle fut ravie quand il éclata de rire, une petite fille lui ayant brûlé la politesse. Pour couronner le tout, la gamine lui tira la langue, comme si les équipements lui appartenaient.

Ils terminèrent leur visite du parc par un tour de carrousel. Le manège leur avait paru si grand, quand ils étaient enfants... Aujourd'hui, comparé à ceux qu'ils avaient vus au cinéma, il semblait minuscule. Mais cela n'avait pas d'importance. Ils tournèrent pendant près d'une demi-heure.

Quand quelqu'un leur fit remarquer qu'ils étaient un peu grands pour ce genre d'activité, Isabel entraîna Kyle dans le zoo. Ils y étaient entrés pour la dernière fois au cours d'une excursion scolaire, en cinquième. Mais il n'avait pas beaucoup changé et ils reconnurent certains pensionnaires.

L'un dans l'autre, ils passaient une excellente journée.

Ils retournèrent en ville pour récupérer la voiture de Kyle, toujours garée devant le *Crashdown Café*. Le temps étant très doux pour la saison – comparé à la canicule typique des étés roswelliens –, ils avaient préféré se déplacer à pied. Ils passèrent le trajet à commenter les moments les plus drôles de leur journée.

— Merci, Isabel. Je me suis bien amusé.

La jeune fille se congratula silencieusement – en essayant de regarder discrètement sa montre.

— Tu vois, je te l'avais dit !

— Alors, quelle est la suite ?

Un café avec Jesse, répondit Izzy mentalement.

Mais elle ne pouvait pas dire ça tout haut sans révéler au monde entier qu'elle sortait avec Jesse Ramirez. Même si elle avait apprécié leur journée, voilà un quart d'heure qu'elle essayait de trouver un moyen de dire au revoir à Kyle pour filer à son rendez-vous secret. Toutes ces activités étaient supposées changer les idées au jeune homme, mais surtout le fatiguer assez pour qu'il passe une bonne nuit. Malheureusement, il semblait bien plus réveillé qu'au moment où elle était passée le chercher.

Kyle était assez en forme pour continuer…

Et elle avait déjà cinq minutes de retard.

— J'ai promis à mes parents de dîner avec eux, mentit-elle. Tu sais, ils partent demain matin pour Santa Fe.

— Oh.

La déception de Kyle faillit lui faire annuler ses projets sur-le-champ. Elle nota qu'il avait commencé à tambouriner des doigts sur sa cuisse, ce qu'il n'avait pas fait depuis leur visite au musée.

— Mais nous pourrions peut-être nous retrouver après, proposa-t-elle aussitôt, Jesse ayant prévu de retrouver un ami. Je pourrais venir chez toi, pour regarder un film.

— D'accord.

Kyle ne paraissait pas ravi d'être abandonné, même pour une heure ou deux.

Isabel comprit que tous ses efforts avaient été vains. Kyle était de nouveau d'humeur léthargique et morose. Puis elle s'aperçut que son expression avait de nouveau changé. Il regardait le trafic, les yeux vides.

— Kyle ?

Elle suivit son regard, et vit une voiture tourner dans l'artère principale. Au début, elle pensa qu'elle ressemblait un peu à celle qu'avait Alex, mais c'était un modèle de marque différente. Cependant, à la lumière incertaine du soleil couchant, il aurait été facile de se tromper.

Se tournant vers Kyle, elle le vit suivre des yeux la voiture qui descendait la rue. Elle remarqua qu'il était parcouru de frissons. Très vite, cela se transforma en tremblements.

— Kyle ? appela-t-elle.

Mais on eût dit qu'il était à des kilomètres de là. Son corps était tendu comme un ressort, comme s'il s'apprêtait à courir après la voiture fantôme.

Ses doigts tambourinaient furieusement sur sa cuisse.

— Kyle, tu me fais peur.

Il l'ignora, les voix résonnant dans son esprit.

Tap, tap, tap. Tap, tap.

La voiture tourna et disparut de leur champ de vision.

Isabel assista alors à un changement radical. Kyle commença à haleter, comme s'il était à bout de souffle, et une goutte de sueur roula sur sa tempe. Enfin, il cligna des yeux.

— Tu vas bien ? demanda-t-elle.

— Ouais, répondit-il d'une voix creuse.

— Ce n'était qu'une illusion.

— Je sais… Chaque fois que quelque chose me rappelle de près ou de loin un détail de la mort d'Alex, ça recommence.

— C'est toujours comme ça ?

— C'était un des moins graves…

Isabel comprit que ses plans avec Jesse étaient sur le point de tomber à l'eau.

Comme par hasard, ils étaient déjà de retour devant le *Crashdown.*

— Kyle, ça t'ennuierait de m'attendre à l'intérieur quelques minutes ? J'ai une course urgente…

— Non. Je crois qu'un milk-shake me ferait du bien.

Isabel se souvint que les milk-shakes étaient le remède à tous les maux de son enfance. Revenant à son thème de départ, elle lança :

— Commandes-en un pour moi aussi !

Dès que Kyle eut disparu dans le restaurant, Isabel descendit la rue en courant. Heureusement, la coffee house où elle devait retrouver Jesse était à quelques pâtés de maisons.

Apercevant l'enseigne de *Bean There, Done That*, Isabel

ralentit et sortit son poudrier de son sac, pour un rapide raccord de maquillage. Encore au tout début de sa relation avec Jesse, elle ne voulait pas qu'un seul de ses cheveux dépasse quand elle le voyait. Elle remit du rouge à lèvres, puis ouvrit la porte de la coffee house. L'air conditionné était réglé à fond. Elle frissonna.

Isabel vit immédiatement Jesse. Il avait galamment attendu son arrivée pour commander, ce qui n'était pas du goût du type derrière le comptoir. Ici, on ne s'asseyait pas sans un verre à la main.

C'est une coffee house, pensa-t-elle. *Les gens sont supposés y prendre leur temps*.

En parfait gentleman, le jeune avocat se leva et lui tira une chaise. Il la serra brièvement dans ses bras, et l'embrassa, puis attendit qu'elle se soit assise pour reprendre sa place.

Isabel choisit de rester debout.

— Je suis navrée d'être en retard, dit-elle.

— Tu vaux la peine qu'on t'attende…

— J'espère que tu penseras toujours ça quand je t'aurai dit que je suis venue annuler notre rendez-vous…

— Mais…

Le type, derrière le comptoir, les observait avec une impatience non dissimulée. On aurait juré qu'ils empêchaient d'autres consommateurs de s'asseoir, alors qu'il n'y avait personne !

— Me croiras-tu si je te dis que je dois prendre soin d'une personne malade ? Par amitié ?

Bien sûr, la maladie de Kyle était mentale et pas physique, mais quelle importance ?

— C'est grave ? demanda Jesse.

— Nous l'ignorons encore…

— Eh bien, tu devrais effectivement rester avec elle, dit-il, la raccompagnant à la porte. On se voit toujours demain, n'est-ce pas ?

— Bien sûr, répondit Isabel. (Il présumait qu'il s'agissait d'une fille.) Merci de te montrer si compréhensif.

Le type du comptoir eut l'air furieux quand il les vit

sortir. Isabel ne put s'empêcher de noter que Jesse avait claqué la porte, comme pour signifier au serveur qu'il n'avait pas apprécié d'être ennuyé pendant qu'il attendait sa petite amie.

— A demain, dit-il, avant de lui donner un baiser passionné. Et rappelle-toi : demain, tu es à moi pour la journée.

Isabel s'écarta à contrecœur et partit vers le *Crashdown Café*, regardant régulièrement par-dessus son épaule, pour le voir aussi longtemps que possible. Elle ne pouvait s'empêcher de se sentir coupable de laisser tomber Jesse – surtout qu'il était toujours si compréhensif.

Mais Kyle avait besoin d'elle.

Dès que Jesse eut disparu, elle se repassa leur conversation dans sa tête et se demanda pourquoi elle ne lui avait pas dit que l'ami en question était un garçon. Jesse aurait sans doute compris qu'un ami malade restait un ami malade, qu'il soit du sexe féminin ou masculin. Elle mit ça sur la facilité déconcertante qu'elle avait à mentir, désormais.

Un jour, se promit-elle, *je raconterai absolument tout à Jesse*.

CHAPITRE V

— Faire du baby-sitting est beaucoup plus facile que je ne le croyais, dit Max.

Il était confortablement assis sur un des canapés blancs des Lyles, veillant à ne pas mettre ses pieds sur la table basse.

— D'autant plus que nous n'avons pas encore vu Jason, ajouta-t-il.

Ils étaient là depuis cinq heures, et ils n'avaient toujours pas aperçu le jeune garçon. De temps à autre, il leur semblait entendre des pas au-dessus de leurs têtes. Mais chaque fois que l'un d'eux s'était levé pour l'appeler du bas de l'escalier, il n'avait obtenu aucune réponse. Heureusement, un bruit de chasse d'eau leur avait appris que Jason était toujours vivant.

— Il va bien falloir qu'il descende dîner, dit Liz en étudiant la liste des traiteurs à domicile que lui avait laissée tante Jackie dans la cuisine. Que penses-tu d'une pizza ?

— Ça me va, répondit Max, perturbé par le silence qui régnait à l'étage.

— Crois-tu que nous devrions consulter Jason ? demanda-t-elle en tirant le menu de la pizzeria de la pile.

— Je pense que nous sommes entrés dans son jeu assez longtemps. (Max se leva. Il avait une expression déterminée.) Commande ce qui te plaît. Je redescends avec Jason dans quelques minutes.

Liz le regarda monter l'escalier, ne l'ayant jamais vu aussi concentré – et elle l'avait observé dans beaucoup de situations plutôt tendues.

— Première leçon de paternité…

Arrivé devant la porte close de la chambre de Jason, Max inspira profondément et se prépara à ce qui allait suivre.

— Jason, c'est l'ami de Liz, Max, dit-il, pensant que c'était une bonne idée de se représenter. (Il frappa à la porte.) Nous avons commandé à dîner. Ouvre.

— Allez au diable ! cria le gamin.

On ne peut pas prétendre que ce soit un bon début, pensa Max. *Cela dit, il a enfin parlé.*

— Ecoute, Jason… Nous ne nous sommes jamais rencontrés, et je ne sais pas ce qui se passe, mais je suis sûr que Liz et moi n'avons rien à voir là-dedans. Alors, ouvre, et nous pourrons essayer d'en parler.

Silence.

Bien. Changement de programme.

Max plaça la paume de sa main sur le bouton de la porte.

— Jason, si tu n'ouvres pas cette porte immédiatement, j'entre.

— Allez-y ! brailla Jason. C'est fermé à clé et… Comment vous avez fait ça ? demanda-t-il quand la porte s'ouvrit.

— Un truc qu'on apprend en faisant du baby-sitting, dit Max sur le seuil de la chambre. Descends, et peut-être t'en montrerai-je d'autres.

Intrigué – et n'ayant pas vraiment le choix –, Jason se leva et sortit.

Max suivit le gamin de douze ans au rez-de-chaussée. Jason était grand pour son âge, et il avait un teint étrangement pâle pour quelqu'un qui vivait dans le désert. Remarquant ses épais cheveux noirs, Max supposa qu'il les tenait de son père, puisque Jackie avait les cheveux châtains.

Mais il est possible qu'elle les teigne, corrigea-t-il.

Les vêtements de Jason étaient assortis à ses cheveux : en noir de la tête aux pieds ! Son T-shirt et son jean semblaient avoir été achetés alors qu'il faisait plusieurs kilos de plus, et pendaient sur sa silhouette décharnée. Max savait, par expérience, que le début de l'adolescence était une période délicate pour un garçon. Il attribua l'état de Jason aux changements que subissait son corps.

C'était un gamin séduisant. Une fois cette période tumultueuse passée, il aurait l'embarras du choix pour se trouver une petite amie.

Liz sortit du salon quand elle entendit des pas dans l'escalier. Elle fit de son mieux pour contenir son excitation, puisque Jason s'était montré grossier envers elle en refusant de lui ouvrir sa porte et de lui parler.

— Jason, ravie de te revoir enfin, dit-elle.

— Qu'est-ce qu'on mange ?

— Nous ne nous sommes pas vus depuis plus de deux ans, et tout ce que tu trouves à me dire, c'est : « Qu'est-ce qu'on mange » ?

Max vit que Jason était désolé de sa grossièreté, mais cela ne dura qu'un instant. Le suivant, il reprit son air buté et se mura de nouveau dans le silence. Il devait être comme beaucoup de préadolescents, qui en voulaient au monde entier sans trop savoir pourquoi. Puisqu'il ne connaissait pas Jason, Max ne pouvait pas prendre ça pour une insulte personnelle. Mais ce n'était pas le cas de Liz. L'attitude de son jeune ami la bouleversait.

— Nous avons commandé une pizza, répondit Max d'un ton aussi brusque que celui de Jason.

Puis il prit Liz par le bras et l'entraîna dans le salon.

— Qu'allons-nous faire ? lui murmura-t-elle.

— L'ignorer. Ne t'inquiète pas, il va venir.

Au même instant, ils entendirent la porte d'entrée claquer.

— Il est temps d'échafauder un autre plan, fit Liz en courant dans le hall. (Ouvrant la porte, elle cria :) On ne bouge plus, Jason !

Il avait fait quelques pas hors de la maison quand la voix de Liz l'arrêta net. Elle vit ses épaules s'affaisser. Bien qu'il lui tournât toujours le dos, elle sut qu'elle avait réussi à capter son attention.

Max arriva sur ses talons, prêt à lui donner un coup de main, au cas où elle aurait besoin de renforts. Mais le langage corporel de sa petite amie lui apprit qu'elle avait, pour le moment au moins, le contrôle de la situation.

— Dans la maison ! dit-elle, du ton le plus ferme que Max l'ait entendue employer. Tout de suite !

— Pas la peine de me parler comme si j'étais un bébé, gémit Jason en obéissant.

— Alors cesse de te comporter comme un mioche !

Boudeur, Jason entra dans le salon et se laissa tomber sur le canapé. Max et Liz l'y suivirent, et s'assirent près de lui.

Ils restèrent ainsi, sans parler, jusqu'à l'arrivée de la pizza.

Max paya le livreur pendant que Liz rapportait la pizza dans le salon. Ils avaient eu l'intention de se détendre en mangeant devant la télévision. Mais un seul regard à la pièce immaculée les fit changer d'avis. Ils se replièrent dans la cuisine et s'installèrent à table. Tant pis s'ils ne pouvaient pas profiter d'un bruit de fond fort commode !

Ils mangèrent en silence.

A soixante-dix kilomètres de là, dans l'appartement de Michael, un autre dîner se déroulait dans un silence encore plus hostile. Ce genre de repas pris dans une atmosphère à la fois rageuse et calme était un art en soi. Maria et Michael étaient passés maîtres en la matière.

Les hostilités commencèrent quand Michael posa dans son assiette un morceau du poulet au citron préparé par Maria. Ayant fait grincer sa fourchette contre le plat en céramique, le jeune homme eut droit à un regard noir de sa compagne, qui avait sans doute décidé qu'il l'avait fait exprès. Elle répondit en laissant tomber sa fourchette sur le bord de son assiette, lui indiquant qu'il aurait dû la laisser se servir la première. Elle avait fait la cuisine, mais elle était aussi la seule dame présente. Michael releva brièvement les yeux, puis recommença à l'ignorer.

Le repas continua, entrant dans la phase du passage des plats. Maria prit une petite cuillerée de sa célèbre casserole de haricots verts et posa le bol du côté de Michael... pas dans sa main tendue. Elle s'assura aussi qu'il produise un bruit sourd en heurtant la table. Michael contre-attaqua en prenant une énorme cuillerée. Il vida le bol et en renversa une partie sur la table.

Maria leva les yeux au ciel devant ce bel exemple de gloutonnerie.

Ensuite vint l'épreuve des petits pains. Les deux participants tendirent le bras au même moment et en prirent un chacun, leurs mains s'effleurant au centre de la table. Ils eurent une seconde d'hésitation quand leurs regards se croisèrent. L'un et l'autre furent momentanément très tentés de se servir des petits pains comme de projectiles – bref, de se les jeter à la tête. Mais rien n'était plus éloigné de leurs esprits que la possibilité d'une bataille de nourriture enfantine.

— Ce n'était pas la peine de venir, si tu n'étais pas d'humeur, dit Michael en posant son pain sur la table avec plus de force que nécessaire.

— Oh, non, répondit Maria en mordant le sien avec une brutalité qu'on voyait en général dans la jungle. Il y a une semaine, j'ai promis que je viendrais te faire à dîner aujourd'hui. Je ne voulais pas que tu m'accuses de mentir.

— Dis-moi, je suis censé y comprendre quelque chose ? demanda-t-il.

Maria ne put s'empêcher de penser que son petit ami était un parfait imbécile.

— Non. Absolument pas. Je suis juste assise ici à déguster un repas préparé *à la perfection*…

Dépassant le stade des grincements de fourchette contre la céramique, Michael fit passer le conflit à la vitesse supérieure. Il mâcha la bouche ouverte – une provocation qui n'était même pas intentionnelle. Maria lui jeta un regard dégoûté et pointa sa fourchette d'un air menaçant vers lui. Comprenant ce qu'elle ne disait pas, Michael ferma la bouche.

— Pourquoi n'as-tu rien fait à la soirée en mémoire d'Alex ? demanda Maria de but en blanc.

Michael avala le bout de poulet qu'il mâchait et répondit :

— J'étais de corvée à la cuisine.

— Et tout le monde sait que tu es le plus grand cuisinier du monde. Pourquoi n'as-tu pas participé au spectacle ?

— Tu voulais peut-être que je chante avec le groupe ? Tu es folle, ou quoi ?

— Tu aurais pu jouer le sketch avec Isabel et Max.

— Je ne suis pas un comédien.

— Sans blague ?

La nourriture finit sur le bord des deux assiettes, Michael et Maria étant trop énervés pour avaler quoi que ce soit.

— C'est quoi, le numéro de solitaire silencieux que tu me fais en ce moment ? demanda la jeune fille.

— Quel numéro ? C'est comme ça que je suis. Désolé de ne pas pouvoir te divertir avec des tours. Je ne suis pas un chien dressé.

— Dommage.

— Et toi, qu'est-ce qui te prend ? Pourquoi ne peux-tu pas m'accepter tel que je suis et arrêter d'essayer de me changer ?

— On se le demande...

— Il faut toujours que tu sois condescendante !

— Parce que tu es impossible ! explosa Maria en se levant. Je me demande ce que je suis venue faire ici !

— Enfin, un point sur lequel nous sommes d'accord !

Michael bondit sur ses pieds si précipitamment qu'il renversa sa chaise.

— Inutile de te lever, dit Maria, bien qu'il soit déjà debout. Pas la peine de faire preuve de bonnes manières. Je sais où est la porte.

— Parfait...

Ayant redressé sa chaise, il se rassit.

Maria le regarda comme si elle était surprise qu'il ne la raccompagne pas.

— Au revoir !

— A plus !

Maria claqua la porte derrière elle et marqua une pause, pour inspirer profondément plusieurs fois de suite. Retirant le bouchon de sa bouteille d'huile relaxante de cèdre, elle s'en fit couler quelques gouttes sur la langue.

De l'autre côté de la porte, Michael fulminait et avait un mal fou à retrouver son sang-froid. Il regarda les reliefs de leur repas, puis ses yeux glissèrent sur le plan de travail, où reposait la tarte au chocolat faite par sa petite amie.

Soudain, la porte s'ouvrit à la volée et Maria revint comme une furie.

— J'ai oublié le dessert.

Elle prit la pâtisserie, tourna les talons et ressortit.

Michael pensa à l'arrêter – ne serait-ce que pour récupérer la tarte –, mais il ne bougea pas. La porte claqua de nouveau, plus fort, cette fois.

Michael attendit, puis il finit par accepter que Maria ne revienne pas.

L'idée de débarrasser la table l'effleura, mais il l'oublia très vite. L'esprit déjà ailleurs, il traversa la pièce et ouvrit le placard, d'où il sortit diverses affaires, les jetant pêle-mêle sur le sol. Puis il tâtonna le long du mur du fond. Ses doigts rencontrèrent l'objet qu'il cherchait, et il le sortit, veillant à ne pas endommager l'emballage. Il avait pris un tel soin quand il l'avait rangé, une semaine plus tôt, qu'il ne voulait pas l'abîmer, maintenant qu'il était prêt à y jeter un autre coup d'œil.

Kyle fit glisser la part de Tarte Men in Black – à la mûre – au milieu de la table, pour qu'il puisse la partager.

Isabel la remit devant lui.

— Je crois que j'ai déjà mangé beaucoup trop de cochonneries aujourd'hui, dit-elle en regardant le dessert avec envie.

— On ne mange jamais *trop* de cochonneries, assura Kyle.

— Ah, oui ? Au déjeuner, j'ai pris un soda accompagné d'une boule de glace, j'ai mangé des pommes en gélatine au zoo et j'ai bu un milk-shake avant le dîner.

Et encore, c'était la liste des *principales* gourmandises qu'ils avaient avalées au cours de la journée. Elle prit note de prier Jesse de faire plusieurs fois le tour de la ville à pied avec elle, le lendemain.

— La saison de football va bientôt commencer. (Il coupa une autre bouchée de tarte avec sa fourchette.) Il faut que je prenne du poids.

Ah, être un garçon… pensa Isabel.

Puis elle cessa de se torturer et planta sa fourchette dans la part de tarte.

— Nous évitons soigneusement de parler de ce qui s'est passé.

— Je suis content que tes parents t'aient laissé rester, dit-il, changeant abruptement de sujet.

— Tu te défiles…

— Que veux-tu dire ? demanda Kyle. Je me suis bien amusé avec toi aujourd'hui, c'est vrai. Mais tu ne croyais pas qu'un après-midi de loisir effacerait ces images horribles de ma tête ?

— J'espérais au moins t'en distraire quelques heures…

— Et tu as réussi. Mais tu sais qu'il n'y a qu'un seul moyen de m'en débarrasser.

— Non, Kyle, dit fermement Isabel. Je refuse de pénétrer dans tes rêves pour effacer tes souvenirs de la mort d'Alex. Ce serait trop dangereux.

— Plus dangereux que ma crise sur le trottoir ?

Ses doigts tambourinèrent de nouveau, s'enfonçant parfois dans la tarte à la mûre.

— Que se passerait-il si ça m'arrivait au volant ?

— Nous devrions en parler à Max dès qu'il sera rentré. Il aura peut-être une idée.

— Et en attendant, qu'est-ce que je fais ? Je reste enfermé chez moi ? Mon patron m'a déjà forcé à prendre un week-end de congé. Ça commence à perturber ma vie.

— J'aimerais avoir une réponse à te donner, mais je n'en ai aucune.

— Si, tu en as une !

Leurs yeux se croisèrent, ceux de Kyle la suppliant de faire une chose qu'elle ne pouvait pas accepter. Elle avait déjà perdu un ami à cause de jeux psychiques extraterrestres. Pas question qu'elle en perde un autre.

Finalement, Kyle capitula.

— Désolé… Je sais que c'est dangereux. Je subis une trop grande pression.

— Je veux t'aider, mais j'ai peur…

— Tu prends la dernière bouchée ?

Il montra la part de tarte dévastée.

— Je crois que tu as réussi à l'achever, dit Isabel.

— Quelle chance elle a !

— Allez, viens, dit Izzy, en sortant du box. La nuit ne fait que commencer. Pour paraphraser le poème qu'a lu Liz hier soir, nous avons encore des kilomètres à parcourir avant que tu ne dormes.

Isabel lui tendit la main.

Kyle la prit et se leva à son tour.

Isabel lui fit traverser la salle du *Crashdown* et l'emmena dans la rue. Ils avaient effectivement la nuit devant eux, et elle était déterminée à faire tout ce qui était en son pouvoir pour l'aider à oublier ses problèmes. En même temps, elle se demandait pourquoi elle refusait d'aller se promener dans les rêves de Kyle. La même phrase revenait sans cesse la hanter…

Des kilomètres à parcourir avant que tu ne dormes.

CHAPITRE VI

Alors que les deux dîners qui avaient lieu à Roswell arrivaient à des conclusions très différentes, celui qui se déroulait à soixante-dix kilomètres au sud, à Artesia, se terminait aussi.

Max pouvait enfin se détendre, car les dernières miettes de pizza avaient disparu. Il avait craint pendant tout le repas de renverser quelque chose sur la moquette couleur crème. A certains moments, il s'était demandé si Jason n'avait pas deviné ses angoisses. Le gamin n'avait pas cessé de tenir son verre au-dessus du sol, en équilibre précaire, avec un sourire mauvais.

Ayant passé un peu de temps en sa compagnie, Max ne pouvait s'empêcher de se demander s'il s'agissait vraiment du petit garçon avec qui Liz avait grandi. Il ne ressemblait pas du tout au gamin qu'elle avait décrit.

On dirait une histoire de voleur de corps, pensa-t-il.

Une fraction de seconde, il craignit que ça ne soit l'explication à la conduite de Jason.

J'ai vu des choses plus étranges.

Mais il écarta bien vite cette pensée ridicule et se leva pour débarrasser la table.

Après avoir jeté le carton de la pizza – un peu trop cuite –, Max trouva un film pour adolescents sur une chaîne du câble. Il détestait ce genre d'humour, mais il savait que les gamins en raffolaient, donc il laissa Jason le regarder. Même s'ils n'échangèrent pas plus de trois mots, l'atmosphère se détendit un peu. Malheureusement, le film durait seulement deux heures. Dès que le téléviseur fut de nouveau éteint, le silence retomba.

— Tes parents devraient arriver à Santa Fe, à l'heure qu'il est, dit Liz en regardant sa montre. Ils vont sans doute appeler bientôt.

— Si j'étais toi, je n'attendrais pas près du téléphone, répondit Jason.

— Que veux-tu dire ?

— Rien de spécial. Je ne m'attends pas à ce qu'ils appellent, c'est tout.

— Eh bien, s'ils téléphonent quand même, j'ai une faveur à te demander, dit Liz.

— Vas-y…

La jeune fille soupira. Elle savait pouvoir faire confiance au Jason avec qui elle avait grandi. Mais celui qui était assis sur le canapé à côté d'elle était très différent.

— C'est juste que… ils ignorent que Max est ici avec moi.

— Et tu préfères que ça reste comme ça. D'accord.

Sans difficulté…

— J'ai quoi à y gagner ? ajouta-t-il.

Max fut pris au dépourvu par l'esprit retors du garçon, mais encore bien plus par la réponse de Liz.

— Disons que je vais te laisser vivre jusqu'au matin.

Ce genre de menace ne lui ressemblait pas du tout. Elle ne devait pas savoir quoi faire d'autre.

— Je vais dans ma chambre, annonça Jason.

Il se leva.

Max et Liz ne répondant pas, il quitta la pièce.

Ils l'écoutèrent monter l'escalier en tapant très fort des pieds, chacun se souvenant avoir fait la même chose, en son temps. Puis ils attendirent d'entendre la porte claquer.

— Ce n'est pas le petit garçon avec qui j'ai grandi ! dit Liz, certaine que Jason ne pouvait pas l'entendre.

Voleur de corps… pensa de nouveau Max.

Mais il préféra garder la plaisanterie pour lui, craignant que Liz ne pense qu'il ne prenait pas la situation au sérieux.

— Il n'est pas facile d'être un garçon, à cet âge, répondit-il. J'en ai fait l'expérience.

— Oui, mais tu devais affronter d'autres problèmes en même temps.

— Aucune importance. J'étais quand même un garçon. Et j'avais mon père près de moi – pour tout ce qui n'était pas extraterrestre.

— M. Lyles ne me semble pas être le genre d'homme assez réceptif pour qu'un garçon ait envie de lui parler de… (Liz réfléchit un instant.) … eh bien, de tout.

Soudain, elle sembla avoir une illumination.

— Il a peut-être seulement besoin de quelqu'un à qui parler ! Un garçon de son âge, par exemple…

— Je ne sais pas, Liz, répondit Max, sceptique.

— Si quelqu'un peut lui parler des changements qui arrivent dans la vie d'un garçon…

— Nous venons à peine de nous rencontrer et nous avons échangé quelques mots ! Il préférerait sans doute te parler. En fait, tout ça, c'est peut-être à cause de moi. Il était content de te voir, et il fait une crise parce qu'il ne s'attendait pas à ce que tu sois accompagnée.

— Il refusait déjà de sortir de sa chambre avant même de savoir que tu étais là. C'est autre chose.

Elle lui fit son regard de biche triste – un truc qu'elle faisait mieux que personne, Max le savait.

Quelques secondes plus tard, il s'engagea dans l'escalier, en route vers la chambre de Jason.

Il frappa à la porte.

— Je peux entrer ?

— Non.

Max essaya la poignée, mais elle était de nouveau bloquée.

— Tu veux que j'ouvre comme la dernière fois ?

Il entendit des pas se rapprocher, puis un bruit de verrou.

Une petite victoire, mais une victoire quand même.

Il attendit dans le couloir, mais pour une raison quelconque – une affaire de territoire, peut-être ? –, Jason ne lui ouvrit pas la porte. Max entra et trouva le gamin allongé sur son lit, le nez dans une bande dessinée.

Le but de ce week-end était de donner à Max un aperçu de la paternité. Alors qu'il observait Jason, ses pires craintes se justifièrent. Mais les dilemmes futurs devraient attendre. Pour l'heure, il devait affronter les problèmes d'un garçon de douze ans qu'il connaissait à peine.

Dire qu'il aurait pu être tranquillement à Roswell, en train d'essayer d'échapper à de méchants extraterrestres ou au FBI.

Max décida de jouer le jeu un moment, histoire de regarder dans la chambre à coucher. Il n'y avait pas fait attention, un peu plus tôt, quand il était venu chercher Jason pour dîner. Cette fois, il s'offrit une visite privée, espérant découvrir un indice qui lui expliquerait l'attitude du gamin. Ou, à défaut, qui lui fournirait un terrain d'entente.

Comme le reste de la maison, c'était de loin la chambre le plus propre qu'il ait jamais visitée. Pas un seul vêtement sur le sol. Aucun objet ne traînait. Même les posters étaient dans des cadres, au lieu d'être punaisés ou scotchés au mur. Plus Max fréquentait Jason, plus il l'intriguait.

Regardant sur le bureau, il trouva une photo de la famille Lyles. Tous les trois étaient assis sur des motos d'enduro, dans le désert. Au début, Max trouva étrange que les gens les plus propres qu'il ait rencontrés fassent de l'enduro. Mais en y regardant de plus près, il remarqua un détail : si la mère et le fils étaient couverts de poussière, ce n'était pas le cas de George.

George Lyles devait se contenter de suivre, par tolérance, pendant que sa famille et celui qui avait pris la photo s'amusaient.

Le plus important, c'était que Max venait de trouver un sujet de conversation.

— Tu aimes l'enduro ? (Il montra la photo à Jason.) Mon père m'emmenait aussi en faire dans le désert, quand j'étais plus jeune.

Le gamin se contenta de tourner la page.

— Il appelait ça des motocyclettes ! continua-t-il. Nous n'en avons pas fait souvent. La location n'était pas donnée.

— Nous avons les nôtres.

Il parle !

Max pensa à proposer au gamin d'aller faire un tour pendant le week-end, mais il se ravisa. Etre ici en secret était une chose. Emmener un gamin de douze ans faire une balade risquée dans le désert en était une autre.

Mais il n'allait pas lâcher cette occasion.

— Que dirais-tu si je revenais un week-end, quand tes parents seront à la maison, pour aller faire un tour avec toi ?

— Si tu veux.

— Non, je suis sérieux. Je demanderai la permission à ta mère quand elle rentrera.

Max savait qu'il y allait un peu fort, mais il ne pouvait pas s'en empêcher.

Il y eut une longue pause, pendant laquelle il chercha quelque chose à dire.

— Qu'est-ce que tu lis ?

Jason tourna de nouveau une page de l'album.

Voulant établir une complicité, Max posa une main sur l'épaule du garçon, qui se dégagea aussitôt et lui jeta un regard assassin. Puis la haine qui faisait briller son regard disparut, comme s'il l'avait étouffée.

— S'il te plaît, ne me touche pas, souffla-t-il.

Sans se laisser démonter, Max continua ses approches, mais garda ses distances.

— Ecoute, Jason. Je sais que nous venons de nous rencontrer. Mais s'il y a quoi que ce soit dont tu veux parler, je suis là. Peut-être un truc dont tu ne pourrais pas discuter avec Liz…

Pas de réponse.

— Fais-moi confiance, je sais combien ça peut être difficile.

Max se servait de sa propre expérience, se rappelant les choses qu'il avait désespérément eu envie d'entendre à douze ans. Bien sûr, les changements auxquels il avait dû faire face étaient plus extrêmes que ceux dont Jason faisait l'expérience. Mais il ne pouvait pas le savoir.

— Tu penses que tu es seul. Crois-moi : tous les garçons passent par la même phase que toi.

Jason lui jeta un regard perplexe.

Ne sachant pas jusqu'où il pouvait aller, Max fit les cent pas, choisissant soigneusement ses mots.

— Ces choses sont tout à fait naturelles. Tu entres dans la prochaine étape de ta vie.

Jason eut un petit sourire narquois – une preuve qu'il savait très bien de quoi Max lui parlait.

— Quelle étape ? demanda-t-il, faussement innocent.

— Je crois que tu le sais très bien, répondit Max, à qui son expression n'avait pas échappé.

— Oh, on parle de sexe, c'est ça ? cracha Jason.

— Non ! se récria Max.

Il ignorait jusqu'où il pouvait aller, c'était un fait. Mais il était sûr d'une chose : les parents de Jason ne seraient pas contents qu'un ado qu'il connaissait à peine parle à leur fils des « cigognes et des choux ».

— C'est la même idée générale, mais je ne crois pas que nous devrions avoir ce genre de conversation. Ecoute, Liz te considère comme un ami très proche. Et elle et moi sommes aussi des amis très proches. Alors elle aimerait que nous le soyons, toi et moi. Personnellement, j'aimerais devenir ton ami. Et en tant qu'ami, je voulais que tu saches que tu peux me parler… si tu as des questions à propos de… quoi que ce soit.

— Liz et toi, vous couchez ensemble ?

Jason se pencha en avant, lui accordant pour la première fois toute son attention.

— Je ne crois pas que ça te regarde. Mais non…

En temps normal, Max n'aurait sans doute pas répondu à la question. Mais si Jason racontait à ses parents qu'il était resté avec Liz tout le week-end, il souhaitait que ce point soit clair.

— Pourquoi pas ? voulut savoir le gamin.

— Ça ne te regarde *vraiment* pas. Et nous sommes ici pour parler de toi.

— Pas moi.

— Moi, oui, répondit Max. Et c'est bien ça que je veux te faire comprendre. Je sais que nous ne nous connaissons pas très bien. Mais je serai là tout le week-end, alors si tu veux t'ouvrir à moi… D'accord ?

Jason réfléchit un instant à ce que Max avait dit.

— D'accord.

C'était une petite victoire, mais il fallait savoir ne pas se montrer trop gourmand.

— Si tu as besoin de moi, tu me trouveras en bas. (Il gagna la porte, et se retourna pour un dernier conseil paternel :) Il se fait tard. Tu devrais te mettre au lit.

CHAPITRE VII

Des heures plus tard, alors que la plupart des gens dormaient à Roswell et à Artesia, on tambourina à la porte de l'appartement de Michael Guerin.

Maria savait qu'il était chez lui, et elle n'était pas contente du tout de la manière dont la soirée s'était terminée. Elle était donc revenue pour mettre un terme à leur dispute une bonne fois pour toutes.

Enfin, *si* Michael daignait lui ouvrir.

— Qui est là ? cria-t-il d'une voix ensommeillée.

— C'est moi. Qui d'autre pourrait venir frapper chez toi à deux heures du matin ?

— Dans ce bled ? N'importe qui ! répondit la voix étouffée de son petit ami.

— Ce n'est pas moi qui te contredirai. Tu comptes me laisser entrer ?

— Sais pas. Je réfléchis…

Il ouvrit presque aussitôt.

— Je suis venue m'excuser.

Elle le poussa et entra dans l'appartement plongé dans le noir. Heureusement, elle connaissait suffisamment les lieux pour s'y déplacer sans risque de se blesser.

Ç'aurait été trop lui demander d'allumer pour moi ?

— Excuses acceptées, dit-il. (Il se laissa tomber sur le canapé.) Tu ne pouvais pas faire ça par téléphone ?

Maria alluma une lampe, aveuglant momentanément Michael. Une petite victoire ne faisait jamais de mal.

— Non, parce qu'il fallait que je t'explique *pourquoi* je suis venue m'excuser.

— Parce que tu avais tort.

Michael n'y allait jamais par quatre chemins, quelle que soit la situation. Il tendit le bras et éteignit la lampe, remportant à son tour une petite victoire.

Maria compta jusqu'à dix, puis se résigna à ce que cette conversation ait lieu au clair de lune – qui entrait par la fenêtre.

— C'est vrai, j'ai eu tort… de croire que tu pouvais te sentir à l'aise devant un public.

— Merci, dit Michael. Et maintenant, je peux retourner me coucher ?

— *Mais* tu aurais pu demander de l'aide.

Michael comprit que Maria n'irait nulle part avant d'avoir dit tout ce qu'elle avait sur le cœur. Elle était comme ça. Bien sûr, il n'allait pas lui faciliter la tâche.

— De l'aide pour faire quoi ?

— Pour sortir de ta coquille, répondit la jeune fille en s'asseyant à côté de lui sur le canapé. Tu es toujours si renfermé… si secret. Tu as besoin de t'extérioriser. Tu n'appartiens à aucun club, au lycée !

— Ce n'est pas mon truc.

— Dans ce cas, c'est une bonne chose que tu sortes avec moi.

Elle lui flanqua une tape sur la cuisse pour ponctuer cette déclaration.

— On dirait, oui… Tu recommences ?

— Très drôle, fit-elle, écartant sa main.

— Alors, dis-moi, c'est censé nous mener où ?

Même dans le noir, Michael put voir que le visage de Maria brillait d'excitation.

— Je vais t'apprendre à chanter.

Michael Guerin éclata de rire. Il riait tellement qu'il faillit tomber du canapé.

Sans se laisser démonter par sa réaction, Maria continua :

— Non, écoute. Je vais t'apprendre, et peut-être que nous pourrons chanter un jour tous les deux avec les musiciens d'Alex.

— Ensuite, j'entrerai dans le chœur du lycée, ajouta

Michael, et nous jouerons les rôles principaux dans la comédie musicale. J'ai entendu dire qu'ils pensaient monter *West Side Story*. Je te verrais bien dans le rôle de Maria... Maria.

Maria mesura aussitôt combien son idée était bizarre, maintenant qu'elle l'exposait à voix haute.

Bizarre, ça sonnait bien plus sérieux dans ma tête.

Mais pas question qu'elle laisse tomber.

— Bon. Que penses-tu d'un sport, alors ? Un truc qui te permette de te montrer. Tu sais que la plupart des lycéens ignorent qui tu es ?

— Oui, répondit Michael. Et c'est très bien comme ça. Il faut beaucoup de travail pour devenir invisible à ce point-là, tu peux me croire.

— Il y a une différence entre être invisible et non-existant, fit Maria.

Pour elle, qui comptait passer le reste de sa vie à chanter devant un public, les deux étaient des concepts abstraits.

Si Danny peut changer pour Sandy, dans Grease, *tu peux bien le faire pour moi*, pensa-t-elle.

Au fait, pourquoi cette conversation a-t-elle dévié sur les comédies musicales ?

— Allez, il doit bien y avoir un truc que tu fais bien !

Il se renfonça dans son siège et ferma les yeux, ne voulant plus participer à la conversation. Mais Maria n'avait pas l'intention de le laisser se défiler. Elle était venue l'aider à trouver un moyen de canaliser son énergie. Pas question de renoncer !

Puisqu'elle allait devoir rester un moment, elle ralluma la lumière – et bloqua l'interrupteur, histoire qu'il n'y touche plus. Cette fois, elle aperçut dans un coin quelque chose qui semblait y avoir été hâtivement caché.

C'est pour ça qu'il lui a fallu tout ce temps pour venir ouvrir !

Elle se leva du canapé et approcha du mystérieux objet.

— Qu'est-ce que tu fais ? demanda Michael.

Il avait bondi sur ses pieds, bien réveillé.

Maria tira sur la couverture au moment où il lui attrapait

le bras. Trop tard. Elle tomba sur le sol, révélant ce que Michael avait essayé de lui cacher.

Une peinture.

Magnifique !

— Qui a peint ça ? demanda la jeune fille en se baissant pour ramasser la toile.

Regardant autour d'elle, elle tira une chaise près du salon et installa le tableau dessus. Puis elle alluma une autre lampe, avant de s'asseoir, pour mieux voir.

Cela ressemblait à une peinture abstraite… ou peut-être impressionniste. Si elle avait été plus attentive en cours, elle aurait sans doute su lequel de ces mots était le plus approprié pour faire référence à cette œuvre. Mais cela n'avait pas d'importance. Celui qui l'avait peinte savait exactement comment évoquer les émotions à travers les couleurs.

Des lignes obliques rouges zébraient le fond bleu et des traits gris partaient du haut de la toile, donnant l'impression qu'un orage allait éclater. Mais tout en bas, dans le coin droit, brillait une petite tache de jaune vif. Comme une fleur qui luttait pour émerger.

Le symbole de l'espoir ?

— C'est toi qui l'as peinte, dit-elle. Je croyais que tu t'étais intéressé au dessin seulement pour représenter des dômes géodésiques, en seconde.

— C'est ce que je croyais aussi.

Michael rejoignit Maria, qui admirait toujours la peinture.

— Mais quand je t'ai entendue chanter, à l'enterrement d'Alex, j'ai eu un choc. Après, nous nous sommes disputés, et en rentrant, je me suis arrêté dans un magasin pour acheter des fournitures. C'était un besoin… viscéral.

— Et tu l'as caché à tout le monde pendant des mois.

— Je n'étais pas prêt à le montrer.

Et voilà, il récidivait. Peu importaient les espoirs qu'elle fondait sur lui, Michael réussissait toujours à les dépasser. Maria se demanda s'il cesserait jamais de l'étonner.

Elle espérait que cela n'arriverait jamais.

— Je suis navrée, souffla-t-elle.

— Tu l'as déjà dit.

— Non... Je suis navrée d'essayer constamment de te changer. Je t'aime tel que tu es, Michael Guerin. Tu as peut-être été génétiquement créé pour devenir un soldat, mais tu as l'âme d'un artiste.

Maria l'attira à côté d'elle, sur le canapé, et continua d'admirer la peinture. Plus elle la regardait, plus elle voyait de choses... et en ressentait. Elle était époustouflée que la toile évoque les émotions qu'elle espérait faire éprouver aux autres quand elle chantait.

Serrant Michael contre elle, elle se sentit plus proche de lui que jamais – depuis le jour où il avait décidé de rester sur Terre avec elle.

CHAPITRE VIII

Alors que Michael et Maria s'endormaient dans les bras l'un de l'autre en admirant la peinture, Isabel, chez les Valenti, continuait sa journée – et sa soirée – interminable avec Kyle. Depuis leur départ du *Crashdown Café*, ils avaient passé des heures à jouer aux échecs et aux cartes et à regarder des films à la télé. La jeune fille avait appelé ses parents pour les prévenir qu'elle rentrerait tard et leur dire de ne pas s'inquiéter. Car elle avait la ferme intention de rester avec Kyle jusqu'à ce qu'il tombe de fatigue.

Isabel était soulagée qu'il n'ait eu que quelques visions mineures pendant la soirée. Heureusement, aucune n'avait été aussi flippante que devant le *Crashdown*, quand il avait cru voir la voiture d'Alex.

Kyle tambourinait sur un coussin alors qu'ils regardaient défiler le générique d'un film avec Jean-Claude Van Damme. Izzy ne se souvenait même pas du titre, une preuve de son intérêt pour ce genre de cinéma. Inutile de souligner que ça n'était pas elle qui avait choisi le programme, mais elle était là pour Kyle, non ? Et puis, elle avait trouvé d'autres moyens de s'occuper.

Regardant sa montre, Isabel constata qu'il était deux heures et demie du matin. Elle se demanda quand elle pourrait enfin partir. Kyle semblait somnolent, pourtant elle n'était pas sûre qu'il soit prêt à se coucher. Elle avait attendu qu'il la renvoie chez elle, mais il n'en avait rien fait. Si elle voulait retrouver Jesse en début de matinée, elle allait avoir besoin d'au moins deux heures de sommeil.

Elle consulta de nouveau sa montre, constatant que trente secondes étaient passées depuis son dernier coup d'œil.

Isabel plaça une autre carte à jouer sur la structure de plus en plus volumineuse qui se dressait devant elle. Histoire de s'occuper, elle avait commencé à construire un château de cartes sur la table basse – évitant ainsi la fin du film. Sa construction commençait à prendre des proportions inhabituelles. Elle avait superposé plusieurs étages, ajoutant une aile par-ci, une autre par-là, et même une piscine olympique, le tout à l'échelle. Bien sûr, ç'aurait été plus amusant si elle n'avait pas utilisé ses pouvoirs pour faire tenir les cartes.

— Tu as un autre jeu ? demanda-t-elle, admirant ses prouesses architecturales. Je vais bientôt être à court.

— Je crois que tu as construit assez grand, répondit Kyle. Si tu continues, il va falloir demander un permis.

Des phares traversèrent la vitre du salon et une voiture s'arrêta dans l'allée, devant la maison. Ce devait être Jim Valenti.

— Ton père rentre tard, dit Isabel, espérant qu'il saisirait l'allusion et la renverrait chez elle.

Aussitôt, elle se sentit coupable d'avoir pensé ça.

— Ça lui arrive presque tous les jours, ces temps-ci, répondit Kyle d'une voix ensommeillée. Au début, j'ai cru qu'il avait trouvé du travail, mais il n'a rien dit. Il se contente de disparaître des heures entières, et quand il rentre, il fredonne.

— Il fredonne ?

Isabel étudia l'information un moment.

— Tu sais, il était plutôt bon, l'autre soir, quand il a chanté à la soirée en mémoire d'Alex. Il m'a vraiment impressionnée. Et je n'étais pas la seule à l'être. Si tu avais vu la mère de Maria !

— Pitié, ne me rappelle pas ça ! supplia le jeune homme. J'espère ne plus jamais revoir mon père chanter. Et moins nous parlerons de lui et de Mme DeLuca, mieux je me porterai.

Jim Valenti rentra à cet instant, l'air tellement heureux

qu'Isabel se demanda si elle l'avait jamais vu comme ça. Même sa démarche était légèrement dansante. Sans doute était-il toujours dans son trip, parce qu'il s'avisa de leur présence seulement en arrivant au milieu du salon.

— Oh… salut, les enfants.

Il s'arrêta net en voyant qui était sur le canapé.

— Isabel ? Que fais-tu ici à une heure pareille ?

Jim Valenti regarda sa montre…, et son humeur changea aussitôt.

— Quelque chose ne va pas ? Où est Max ? Il lui est arrivé quelque chose ?

— Détends-toi, papa, répondit Kyle. Tout va bien. Nous sommes à la maison pour regarder la télé… et bâtir une métropole en cartes à jouer.

— Désolé. La semaine a été très calme. Et attendre que le prochain coup dur nous tombe dessus me rend nerveux.

Puis il vit la structure qui menaçait de couvrir toute sa table de salon.

— Je présume que c'est ton œuvre, Isabel.

Elle hocha la tête, surprise que l'ancien shérif fasse comme s'il ne se passait rien d'extraordinaire. Pourtant, son fils souffrait depuis des jours, voire des semaines. Après avoir jeté un regard à Kyle, elle décida de tâter le terrain.

— Je sais ce que vous voulez dire. Je commençais enfin à me détendre… quand soudain, il s'est passé un truc, cet après-midi.

— Quoi ? demanda aussitôt Valenti.

— Rien, s'empressa de répondre Kyle en suppliant Isabel du regard de ne rien dire à son père. Ce n'était qu'un petit accès de paranoïa. Nous avons pensé que quelqu'un nous suivait, mais c'était une erreur.

— Vous en êtes sûrs ? Si vous voulez, je peux faire une enquête…

Pour des raisons qu'elle ne comprit pas vraiment, Isabel entra dans le jeu de Kyle.

— Non, pas la peine. Ce n'était qu'un tour de mon imagination…

Puis elle adressa un regard plein de sous-entendus à Kyle et ajouta :

— Je me sens bête de vous l'avoir dit.

— Oh, on n'est jamais trop prudent. (Valenti bâilla.) Désolé. La soirée a été longue. Je devrais aller au lit.

Il regarda les adolescents confortablement installés sur le canapé et passa en mode « parent ».

— Tu comptes aller te coucher bientôt, fiston ?

— Oui, je crois, marmonna Kyle.

— Et vous, Isabel ? ajouta Valenti. Dans *votre* lit, j'espère.

— Papa ! lança Kyle.

Il était à la fois choqué et embarrassé par ce que son père sous-entendait.

Isabel sourit. Puis elle éprouva à son tour un certain embarras et rougit. Cela eut pour effet de briser sa concentration. Le château de cartes s'écroula sur le sol.

— Eh bien, il semble que j'aie rempli mon rôle, dit Valenti.

Il était plutôt content de lui, ses plaisanteries ayant provoqué les réactions qu'il attendait.

— Ce n'était qu'une simple question. Tu sais, mon père ne m'aurait jamais permis de rester seul si tard avec une jeune fille séduisante.

— Bonne nuit, papa ! insista Kyle.

— Bonne nuit, les enfants, répondit Valenti.

Un instant, il eut une expression narquoise qui n'échappa pas à Isabel.

— Bonne nuit, répondit-elle tandis qu'il quittait la pièce.

Se laissant glisser du canapé, elle s'agenouilla sur le sol pour ramasser les cartes tombées autour de la table basse.

— Je suis désolé, dit Kyle en venant l'aider.

Il s'excusait, et pourtant il ne pouvait être tenu pour responsable des propos de son père.

Isabel comprenait pourquoi Jim Valenti imaginait qu'il se passait quelque chose entre son fils et elle. En apparence, ils étaient le seul couple de leur bande à n'avoir personne dans leurs vies.

Kyle était son ami, et elle s'intéressait à lui en tant que tel. Pourtant, elle devait admettre qu'il lui était arrivé d'envisager l'*autre* possibilité. Mais elle se sentait surtout désolée pour lui, étant donné sa malchance avec les femmes. D'abord, Max lui avait ravi Liz, puis il lui avait aussi pris Tess.

Tout bien considéré, il ne s'agit peut-être pas de malchance, pensa-t-elle. *Seulement de mon frère.*

Bref, ils n'étaient que d'excellents amis, et elle pensait qu'il n'y aurait jamais rien de plus entre eux. Isabel avait réussi à trouver un garçon hors de la bande, et elle était bien avec Jesse Ramirez. Leur relation pouvait devenir sérieuse…

Dès qu'elle se fut assurée que la porte de la chambre de Valenti était refermée, elle se tourna vers Kyle.

— Pourquoi n'as-tu rien dit à ton père, au sujet des rêves ? murmura-t-elle, rangeant les cartes dans leur boîte.

— Je ne veux pas l'inquiéter…

— Kyle, c'est ton père. Son devoir est de s'inquiéter pour toi.

— Je sais.

Il lui tendit les cartes qu'il avait ramassées.

— Continue…

— Je ne suis pas la seule personne pour qui il s'inquiète. Regarde ce qui est arrivé quand il a passé la porte et qu'il t'a trouvée ici. Il a aussitôt pensé que quelque chose n'allait pas pour toi ou pour Max, et il était prêt à agir. Il passe tellement de temps à s'inquiéter au sujet de notre survie à tous que je ne veux pas l'ennuyer pour quelques nuits blanches.

— Kyle, ce que tu traverses, c'est bien pire que de simples crises d'insomnie ! Mais je comprends.

C'était la vérité. En un sens, Valenti était devenu une sorte de père pour toute la bande – le seul adulte dans le secret. Et son inquiétude pour son fils était maintenant répartie entre Kyle, Max, Michael, Liz, Maria et elle-même.

Génial, se dit-elle. *Non seulement nous avons entraîné Kyle dans cette folie, mais nous lui avons volé son père.*

Elle s'efforça de chasser cette pensée, afin qu'aucun sentiment de culpabilité n'influence la décision qu'elle savait devoir prendre. Plus elle pensait à la situation de Kyle, plus elle désirait faire quelque chose pour la régler.

Se rasseyant sur le canapé, le jeune homme bâilla à se décrocher la mâchoire. Isabel supposa qu'il devait être épuisé, puisque ça faisait une semaine qu'il dormait à peine. Mais elle espéra que cette nuit ferait exception, et qu'il s'endormirait très bientôt.

— Tu es prêt à aller te coucher ?

— Je ne suis pas *prêt*, mais il va falloir que je le fasse quand même. En plus, il n'est pas question que je te force à rester debout toute la nuit.

— Je peux rester jusqu'à ce que tu sois endormi…

— Non, ça va aller !

Isabel se leva, et Kyle voulut l'imiter.

— Non, reste où tu es.

Elle s'aperçut qu'il avait l'air sur le point de s'endormir. Elle ne voulait donc pas qu'il bouge.

— Allonge-toi sur le canapé.

— D'accord.

Il s'exécuta.

Isabel gagna la porte d'entrée, puis se retourna pour regarder Kyle avant de sortir. Ses paupières se fermaient toutes seules, mais il rouvrait aussitôt vivement les yeux. Il était si fatigué, cependant, qu'il ne remarqua pas qu'elle était toujours dans la pièce, ce qui lui permit de rester quelques minutes de plus.

Ses yeux restèrent fermés de plus en plus longtemps… jusqu'à ce qu'ils le restent enfin.

Ouvrant la porte, et laissant entrer un courant d'air nocturne anormalement frais pour la saison, Isabel allait partir, quand elle entendit Kyle marmonner :

— Tu veux que je t'accompagne ?

Un instant, elle crut qu'il s'adressait à elle, mais ses paupières étaient toujours closes, et sa respiration devenait plus régulière.

Isabel savait qu'une personne ne commençait pas à rêver dès qu'elle avait fermé les yeux. Les rêves survenaient en moyenne quatre-vingt-dix minutes après le début du cycle de sommeil. Cette statistique lui était restée gravée dans l'esprit, parce qu'elle l'avait découverte à peu près au moment où elle commençait à s'intéresser à tout ce qui touchait au sommeil. Depuis, elle avait essayé d'en apprendre le plus possible sur les rêves.

Voir Kyle plonger dans ses rêves à peine les yeux fermés l'inquiéta.

Alors qu'elle observait son ami endormi, Isabel s'aperçut qu'il marmonnait, et que les doigts de sa main droite tambourinaient sur le canapé. Il était piégé dans une autre boucle d'images cauchemardesques. Elle se sentit désolée pour lui, mais elle ne pouvait rien faire pour l'aider à s'en sortir. Ses pouvoirs ne fonctionnaient tout simplement pas ainsi.

C'était trop dangereux.

Refermant la porte de la maison des Valenti, Isabel rentra chez elle. A mi-chemin, elle recommença à se sentir coupable. Sans le vouloir, son frère et elle avaient volé son père à Kyle. C'était d'autant plus injuste qu'il était son seul parent. Puis elle pensa à toutes les occasions où connaître leur secret avait mis la vie de Kyle en danger. A toutes les choses auxquelles son père et lui avaient dû renoncer pour eux, à commencer par le poste de shérif de la ville.

Et enfin, elle pensa à Alex.

Il ne fallut pas longtemps à Isabel pour rentrer chez elle. Alors qu'elle ouvrait la porte, elle comprit ce qu'elle devait faire. Elle essaya de ne pas réveiller ses parents et traversa la maison aussi silencieusement que possible. Ils devaient se réveiller tôt, pour partir à Santa Fe.

Sa mère avait laissé la lumière du salon allumée, comme chaque fois qu'Isabel devait rentrer tard, pour qu'elle n'ait pas à avancer à tâtons dans le noir. La jeune fille éteignit, puis longea le couloir obscur jusqu'à sa chambre.

Dès qu'elle eut refermé la porte derrière elle, elle alluma sa petite lampe de bureau. Prenant l'almanach du lycée, elle s'autorisa une courte pause, le temps de se rappeler où elle avait mis le livre dont elle aurait besoin.

Il était coincé entre les sonnets de Shakespeare et un

dictionnaire qu'elle n'avait pratiquement jamais ouvert. C'était un ouvrage sur l'analyse des rêves, qu'elle avait acheté des années plus tôt.

A cette époque, elle s'était aperçue qu'elle pouvait entrer dans l'imaginaire des autres. Elle avait aussitôt cherché à se documenter sur les rêves. Puis elle s'était amusée à analyser ceux de certains de ses camarades de classe – un passe-temps distrayant. Bien sûr, c'était avant qu'elle ne mesure à quel point il lui aurait été facile d'abuser de ses pouvoirs.

Elle plaça le livre sur son bureau, pour le consulter plus tard. Puis elle s'assit sur son lit, la dernière édition de l'almanach du lycée de Roswell à la main. Là, elle le feuilleta pour trouver la section « Première », et sous « v », trouva la photo de Kyle Valenti. Il semblait si heureux, son sourire à jamais gravé sur la pellicule. Le cliché avait été pris tôt dans l'année scolaire – des mois avant la mort d'Alex, et le départ de Tess.

Je vais juste jeter un petit coup d'œil, se dit-elle. *Histoire de savoir ce qui se passe dans sa tête. Comme ça, j'en déduirai peut-être ce qu'il faut faire. Ce n'est pas dangereux. Je le fais tout le temps.*

Pourtant, son subconscient lui criait que ça n'était pas une bonne idée.

Tu devrais attendre le retour de ton frère !

Choisissant d'ignorer l'avertissement, Isabel plaça son index droit sur la photo de Kyle et se concentra sur son sujet. Fermant les yeux, elle se projeta dans les rêves de son ami. Son corps se détendit quand elle sentit son esprit commencer le voyage.

Elle tomba en travers de son lit, et l'almanach lui échappa.

CHAPITRE IX

Isabel était seule dans le désert. Elle ne reconnut pas l'endroit exact, mais cela n'avait rien d'extraordinaire – les kilomètres carrés de sable qui entouraient Roswell se ressemblaient tous.

Immédiatement, elle se demanda si ce paysage était le reflet d'un lieu que Kyle avait visité par le passé, où s'il était purement imaginaire. Et dans ce cas, que signifiait-il ?

Ça pourrait être la solitude, se dit-elle, *ou la mort. Ou encore un vide, une perte... ou un tas d'autres choses. Il vaut mieux attendre de consulter le livre sur l'analyse des rêves avant de me faire une opinion.*

Regardant le paysage plat et stérile, elle s'aperçut qu'elle voyait à des kilomètres à la ronde, et qu'elle était totalement seule. C'était étrange : étant dans le rêve de Kyle, elle s'était attendue à le voir dès son intrusion. Habituellement, quand elle rendait visite à l'imaginaire nocturne des gens, le rêveur était la première personne qu'elle apercevait. Au moins, elle s'était attendue à le voir arriver aussitôt après.

Se retrouvant seule au milieu du désert sans nulle part où aller, Isabel attendit.

— Kyle ? appela-t-elle après un certain temps.

Pas de réponse.

Que se passe-t-il ?

Un cri perçant lui fit lever la tête.

Isabel vit un vautour – ou était-ce un busard ? Elle n'était jamais très sûre de savoir faire la différence entre ces deux espèces. L'oiseau décrivait des cercles dans le ciel. On aurait dit que lui aussi attendait. Un autre cri jaillit de son bec, un son à la fois étrange et familier. Frissonnant, Isabel s'aperçut qu'il lui avait rappelé un cri de femme.

N'appréciant pas tellement de rester sous le vol du prédateur, Isabel avança droit devant elle. En marchant, elle essaya de se rappeler si elle avait lu quoi que ce soit sur ce qu'elle voyait, mais elle n'était pas une experte en la matière. Elle se contenta donc de prendre des clichés mentaux du paysage, pour les comparer aux analyses de son livre. Et si elle ne trouvait rien dans celui-là, elle pourrait toujours en consulter d'autres.

Je suis sûre que Jesse ne verra aucun inconvénient à passer une partie de la journée à la bibliothèque.

Même si tout cela n'était qu'un rêve, Isabel sentait la température augmenter. Mais elle ne souffrait pas de la chaleur du désert. Sa peau n'était pas brûlée par le soleil, et elle ne transpirait pas. Par habitude, elle chercha néanmoins refuge sous une formation rocheuse. Aussitôt qu'elle eut pénétré dans l'ombre fraîche, elle fut transportée…

… au poste de police de Roswell.

Il grouillait d'activité, une multitude d'adjoints se déplaçant dans toutes les directions. Elle ne se souvenait pas de l'avoir déjà vu ainsi.

Isabel ne connaissait pas la plupart de ces hommes, mais un ou deux lui étaient vaguement familiers. Il était impossible que tous aient travaillé à la fois dans les forces de l'ordre de Roswell : la ville était beaucoup trop petite.

Au détour d'un couloir, elle faillit percuter l'adjoint Blackwood. Elle reconnut aussitôt l'Indien qui les avait conduits – sans en avoir eu l'intention –, ses amis et elle, à la réserve mésaliko, deux ans plus tôt. C'était là qu'ils avaient trouvé le premier véritable indice sur leur passé.

Puisqu'il était le premier visage familier qu'elle voyait, Isabel décida de le suivre, espérant qu'il la mènerait à Kyle.

— Adjoint Blackwood ? appela-t-elle.

— Attendez ici, répondit-il sans se retourner.

Isabel se demanda s'il s'était adressé à elle, puisqu'il n'avait pas semblé s'apercevoir de sa présence. De fait, il parlait avec un de ses collègues, et il ne faisait pas du tout attention à elle.

Alors qu'elle les observait, Isabel se dit que Blackwood semblait beaucoup plus jeune que la dernière fois qu'elle l'avait vu. Elle se demanda si c'était un indice, ou si c'était parce que Kyle se souvenait de lui ainsi.

Rappelle-toi, ce ne sont que des images, pensa-t-elle. *Ne t'attends pas à ce que tout ressemble à la vraie vie.*

Isabel en eut vite assez d'attendre.

— Adjoint Blackwood ?

Il continua sa conversation comme si elle n'était pas là.

— Adjoint Blackwood ?

Toujours pas de réponse. Elle commença à se demander s'il l'avait jamais vue…

— Génial…

Ne pouvant rester là plus longtemps sans rien faire, elle continua à chercher Kyle dans le poste de police. Mais elle dut se rendre à l'évidence : il n'était pas là. Elle décida d'élargir la zone de recherche. Puis elle essaya de trouver une image du shérif Valenti. Sans plus de succès.

Elle se promena dans le bâtiment, faisant de son mieux pour ne pas déranger les adjoints qui vaquaient à leurs occupations. Ils ne semblaient pas pressés outre mesure. Non, ils faisaient ce qu'ils avaient à faire, c'est tout.

Dans le rêve de Kyle, le poste de police était beaucoup plus grand que dans la réalité, avec des couloirs pleins de détours. Isabel savait qu'ils n'existaient pas. Elle y avait sans doute passé plus de temps que toutes les filles de son âge réunies. Prenant le chemin qui lui paraissait le plus logique, elle gagna le bureau du shérif.

La porte était fermée. Alors qu'elle posait la main sur le bouton de porte, elle entendit un homme pleurer. Elle ouvrit lentement…

… et se retrouva dans le salon de la maison des Valenti.

Les pleurs avaient cessé.

Le salon était désert.

De retour dans la pièce qu'elle avait quittée un peu plus tôt, elle vit que tout y était à peu près pareil. Il y avait quand même quelques différences notables. Tout d'abord, le soleil entrait à flots par les fenêtres, donnant aux lieux un aspect beaucoup plus accueillant. Et naturellement, Kyle n'était pas allongé sur le canapé où elle l'avait laissé en partant, même s'il était fait comme un lit.

Isabel se rappela : pendant les derniers mois de l'année scolaire, Kyle avait dormi sur le canapé… ayant cédé son lit à quelqu'un d'autre.

Le cœur battant, elle s'aperçut que cette partie du rêve se situait dans un passé relativement récent.

De nouveau, elle se lança à la recherche de Kyle, mais il n'était pas dans la pièce.

C'est vraiment bizarre, se dit-elle. *Où est Kyle ?*

Des voix.

Elles venaient de la chambre de Kyle.

Les voix étaient familières et vibraient de colère. Isabel comprit ce qui se passait derrière la porte close, et elle n'avait pas envie de le voir. Mais en même temps, elle était inexorablement attirée vers la chambre à coucher.

Soudain, la porte s'ouvrit. Et elle resta debout sur le seuil, témoin d'une scène qu'elle avait imaginée dans ses propres cauchemars.

C'était Alex. Son Alex. L'Alex qu'elle avait essayé d'ignorer, jusqu'à ce qu'il soit trop tard. Il souffrait, parlant de Las Cruces et de la manipulation de son esprit. Il arrivait à peine à tenir debout, le visage tordu par une douleur atroce.

Tess était là aussi. Alex s'appuyait sur elle comme s'il n'avait plus la force de rester debout. Elle avait l'air effrayé, comme un animal pris au piège. Rien en elle n'exprimait la colère qu'Isabel s'était attendue à voir. Non, il n'y avait que de la peur. Il avait été tellement plus facile de croire que Tess avait agi sur un coup de colère. C'était beaucoup plus facile de la haïr.

Tess se retourna et regarda Isabel.

— Sors d'ici, Kyle ! hurla-t-elle.

Cette fois, il y avait de la colère dans sa voix, comme si Kyle avait commis une erreur en entrant dans sa chambre.

Mais Kyle ne se tenait pas sur le seuil.

Isabel avait pris sa place.

La première fois qu'elle voyait Tess depuis qu'elle avait appris la vérité au sujet de la mort d'Alex… L'extraterrestre maléfique avait quitté la Terre avant qu'Isabel ait eu une occasion de lui demander des explications sur son geste – ou de le lui faire payer cher. Alors, même si ce qu'elle voyait n'était qu'une image dans un rêve, elle n'en avait pas moins envie de la frapper… de lui faire mal… de la tuer.

Malgré la colère qui bouillait en elle, Isabel entendit Alex dire qu'il pouvait tout aussi bien être mort.

— Non ! hurla Isabel de toutes ses forces, comme si elle pouvait revenir sur le passé. Ne dis pas ça ! Ne souhaite pas ça !

Elle criait, essayant de l'arracher à l'emprise de Tess. Mais elle semblait clouée sur place. Elle ne pouvait pas bouger. Elle ne pouvait pas empêcher ce qui arrivait sous ses yeux.

Elle dut regarder, impuissante, Tess attraper les mains d'Alex et fermer les yeux pour manipuler son esprit. Ultime manipulation… Manipulation fatale…

— Non ! cria Isabel à l'unisson avec Alex.

Toujours clouée sur place, Isabel vit Alex hurler de douleur et essayer d'échapper à son bourreau. Puis il s'écroula…

Isabel éclata en sanglots. Ses cauchemars les plus horribles ne l'avaient pas préparée à être témoin de ces événements. Elle n'avait jamais imaginé le sentiment d'impuissance qu'avait dû éprouver Kyle en regardant la scène, et comprenant, trop tard, de quoi il s'agissait. Un affreux sentiment de culpabilité la submergea.

Elle n'avait jamais rien connu de tel.

Quelques instants plus tard, Isabel traînait un sac en toile. Que se passait-il ? Elle était un peu perdue.

Où est Alex ? Est-ce vraiment arrivé ? Ai-je vraiment vu ce que j'ai vu ?

Le sac était lourd, et le poids mal réparti, à l'intérieur. Cela lui sembla étrange.

Tess suivait Isabel, qui traînait le sac à travers la maison de Valenti. La jeune fille avait un sourire forcé plaqué sur le visage. Isabel savait qu'elle devait la haïr, mais elle ignorait pourquoi. Elle posa le sac dans la voiture, sans ménagement, l'installant sur le siège avant.

Et soudain, Isabel comprit ce qui se passait. Il n'y avait pas de sac de toile. Alex était le « paquet » qu'elle avait chargé dans la voiture. C'était l'*objet* posé sur le siège du passager… brisé… mort.

— Tu veux que je t'accompagne ? demanda-t-elle à Tess, sans savoir pourquoi.

— Non. Retourne dans la maison. Je m'occupe de tout, maintenant.

Bien qu'elle voulût rester, Isabel rentra. Elle ne s'arrêta même pas pour jeter un dernier regard à Alex, alors que Tess démarrait.

Je ne voulais pas voir ça. Je ne voulais pas vivre ça.

La douleur était inimaginable.

Elle était de retour dans la chambre de Kyle. Des échos des voix de Tess et d'Alex résonnaient dans son esprit. Elle revit la dispute dans sa tête…

Ses derniers mots… Son ultime cri de douleur.

Isabel s'effondra sur le sol, à l'endroit où Alex était mort, pleurant de manière incontrôlable.

Pourquoi ?

La porte de la chambre claqua derrière elle, attirant son attention. A travers le voile de ses larmes, Isabel regarda dans cette direction.

Personne.

Puis elle sentit sa présence dans la pièce avant de le voir.

Toujours allongée sur le sol, elle s'essuya les yeux et regarda sur le lit. Un petit garçon y était assis, les jambes pendantes. Il la regardait. On eût dit qu'il avait de la peine pour elle, mais qu'elle lui faisait aussi un peu peur.

— Tout est ma faute, dit-il d'une voix morne.

Jim Valenti arpentait furtivement la maison, prenant soin de ne pas faire de bruit, pour ne pas réveiller son fils, couché sur le canapé. Il en avait pris l'habitude à l'époque où Kyle dormait toutes les nuits dans le salon, ayant laissé sa chambre à Tess.

Valenti tressaillit à l'évocation de son ancienne invitée. Il avait recueilli la jeune fille en apparence inoffensive, lui donnant un foyer. Elle avait vécu avec son fils et lui, comme un membre de la famille. Et pendant ce temps, elle manipulait un de leurs meilleurs amis… et elle avait fini par le tuer.

Valenti s'était toujours enorgueilli de son instinct de détective. Il n'arrivait pas à accepter le fait d'avoir vécu avec une meurtrière sous son toit pendant des semaines sans se douter de rien.

Il bannit les regrets et prit le temps de regarder dormir son fils. Quand Kyle était petit, Valenti s'était fait un devoir d'entrer dans sa chambre chaque fois qu'il rentrait tard, pour s'assurer que son sommeil n'était pas perturbé. Et c'était devenu une habitude après que sa femme Michelle les eut quittés.

S'asseyant un moment sur le banc du piano, il se souvint d'une époque où la maison résonnait de musique. Son ex-femme et lui chantaient à tour de rôle des berceuses à Kyle, pour l'endormir – quand il rentrait assez tôt pour ça.

Il n'avait pas mesuré combien la musique lui avait manqué. Jusqu'à récemment. La soirée en mémoire d'Alex lui avait ouvert les yeux.

Kyle s'agitait et marmonnait dans son sommeil. Valenti se dit qu'il devait faire un cauchemar. Il se souvenait d'un temps où son fils avait l'air d'un chérubin, perdu au milieu des draps – un des plus jeunes anges du paradis.

Valenti rit tout bas à cette pensée.

Kyle m'en voudrait à mort si je disais un truc pareil devant ses amis… Il faudra que je pense à le faire un jour.

Toujours en silence, Valenti acheva ses rituels matinaux, planifiant la journée qui commençait. Il avait beaucoup à faire. Alors qu'il écrivait un message à son fils, il essaya de lui expliquer ce qui l'occupait ainsi, puis se ravisa et ne lui laissa que ces quelques mots : « Suis sorti. Reviendrai plus tard ». Son explication n'aurait jamais tenu sur une seule feuille du bloc-notes…

Valenti laissa le mot sur la table basse et jeta un dernier coup d'œil à son fils. Puis il prit une veste légère et l'enfila en sortant. Il fredonnait en fermant la porte.

Le clic ! de la porte suffit à réveiller Kyle de son sommeil agité. Le matin arrivait pour lui bien plus lentement que les jours précédents. Le soleil qui entrait à flots par la fenêtre lui réchauffait le visage.

Les rêves n'avaient pas disparu, mais ils lui avaient semblé plus tolérables. Pour la première fois depuis des semaines, il se sentait plus ou moins reposé.

Entrouvrant les yeux, il tourna la tête vers l'horloge accrochée au mur et vit qu'il avait bénéficié de cinq heures de sommeil ininterrompu. Pas une nuit complète, mais c'était bien mieux.

Un peu soulagé, Kyle ouvrit les yeux.

Déboulant du salon, il fit une série rapide de pompes, pour faire circuler le sang et réveiller son corps et son esprit. Il n'avait pas pratiqué ce rituel matinal depuis quelques jours. Comment aurait-il pu faire de l'exercice, alors qu'il avait déjà beaucoup de mal à se lever ? Aujourd'hui, s'il se sentait toujours un peu groggy, il était également reposé.

Tendant le bras, il prit le mot laissé par son père. Encore un indice incompréhensible dans le mystère de la disparition journalière de Jim Valenti.

Bah, il me parlera quand il sera prêt.

Il s'étira et se leva en se grattant le ventre. Inspirant profondément, il s'avisa qu'il ne s'était pas senti si réveillé depuis une éternité, même si le sommeil embrumait encore son esprit. Il lui fallait un certain temps pour émerger, mais il n'était pas hanté par des images horribles.

Avec un peu de chance, ce sentiment durerait toute la journée… ou au moins la matinée.

Kyle gagna la salle de bains et s'aspergea le visage d'eau froide. Cela sembla fonctionner. Il se regarda longuement dans le miroir, et fut surpris de constater qu'il avait l'air plus heureux que d'habitude.

La journée sera bonne, pensa-t-il… ignorant totalement qu'Isabel était toujours dans son esprit.

CHAPITRE X

Allongé sur le lit le plus confortable qui devait exister sur cette planète, voire dans l'univers, Max se réveilla à contrecœur. Une sorte de bourdonnement l'avait lentement tiré de son sommeil. Une alarme de réveil ? Il n'en avait pas mis. Alors, c'était peut-être une mouche volant autour de sa tête ? Il agita mollement la main, avec l'espoir d'écraser ce qui l'avait arraché à ses rêves.

Malheureusement, quand le bourdonnement cessa enfin, il comprit qu'il était trop réveillé pour se rendormir. Il lui faudrait bientôt se lever. Inspirant longuement, il s'accorda encore quelques minutes de paresse, histoire que le reste de son corps rattrape son esprit à moitié conscient. Il se demanda quel nouveau défi leur lancerait Jason, et comment il les relèverait.

Liz a vraiment eu une idée géniale, pensa-t-il. *Je crois que je n'aurais pas pu avoir un meilleur entraînement à la paternité*.

Alors qu'il se levait, Max entendit trois coups discrets frappés à la porte de la chambre d'ami où il avait dormi.

— Max ? Tu es réveillé ? demanda la voix de Liz.

Ils avaient jugé préférable de coucher chacun dans une chambre, au cas où Jason se lèverait avant eux. Les choses étaient déjà bien assez compliquées, alors il était inutile d'en rajouter. Bien sûr, ils se seraient contentés de *dormir*, s'ils avaient partagé une chambre. Mais le jeune esprit de Jason n'aurait sans doute pas compris que leurs intentions étaient pures. Et il restait toujours à découvrir ce qu'il avait l'intention de cacher à ses parents – s'il ne leur racontait pas tout.

— Entre, répondit Max en bâillant.

Liz ouvrit la porte.

— Tu es encore au lit ?

— C'est *samedi*, lui rappela-t-il.

Comme si cela avait la moindre importance, pendant les vacances d'été. Soulevant le drap, il montra qu'il n'était vêtu que d'un T-shirt et d'un boxer.

— Tu es réveillée depuis longtemps ?

Liz se retourna poliment, pour lui laisser un peu d'intimité pendant qu'il enfilait un pantalon.

— Suffisamment longtemps pour avoir pris une douche et mon petit déjeuner.

Aussitôt, Max se sentit coupable d'avoir fait la grasse matinée.

— Tu aurais dû me réveiller.

— C'est ce que je viens de faire. Ne t'inquiète pas, tu peux prendre le petit déjeuner avec Jason.

Elle sortit.

— Merci, railla Max, glacé à l'idée d'un autre repas silencieux.

Le jour 2 commence.

Liz s'arrêta devant la porte de la chambre à coucher de Jason. Elle inspira profondément, pour se préparer à la réponse – n'importe laquelle – qu'elle allait recevoir, et appela :

— Il est l'heure de se lever, Jason. (Elle frappa à la porte.) Jason ?

Max la rejoignit, se passant les mains dans les cheveux pour les discipliner – ils avaient tendance à être ébouriffés, le matin.

— Ah, non, ça ne va pas recommencer, dit-il entre ses dents.

Il tourna le bouton de la porte. Elle était ouverte.

— Jason, nous entrons.

Ce qu'ils firent.

Mais Jason n'était pas dans la pièce.

Le lit défait semblait déplacé dans la chambre propre et bien rangée. La seule indication qu'un gamin de douze ans y vivait.

— Il doit être déjà en bas, fit Liz.

Max craignit qu'elle ne se fasse des illusions, étant donné l'attitude du gamin, mais il ne dit rien pour le moment. Sentant monter en lui un mauvais pressentiment, il suivit Liz au rez-de-chaussée, la poussant à se dépêcher.

Ils ne trouvèrent pas non plus Jason dans la cuisine, et rien n'indiquait qu'il se soit fait un petit déjeuner. La seule vaisselle était celle que Liz avait utilisée, puis lavée et laissée sur l'égouttoir.

De plus en plus inquiets, ils le cherchèrent dans toutes les pièces, les visitant l'une après l'autre.

— Crois-tu que nous devrions fouiller le premier ? demanda Liz, s'efforçant de rester calme.

— Il n'est pas ici, répondit Max en mettant les chaussures qu'il avait laissées dans l'entrée le soir précédent. Il n'est pas dans la maison.

— C'est un grand ranch. (La jeune fille mit aussi ses chaussures.) Il doit être quelque part dans le domaine.

— Je l'espère.

— Nous nous inquiétons sans doute pour rien, ajouta Liz, essayant de se raisonner et de rester positive. Jason n'est plus un bébé. Il peut se lever et sortir sans que nous envoyions aussitôt quelqu'un à sa recherche.

Le silence s'installa. Max essaya de trouver un moyen de partager cet optimisme… et échoua lamentablement. Il préféra donc ne pas répondre.

— Il a fait une fugue, n'est-ce pas ? demanda-t-elle finalement, ne pouvant ignorer plus longtemps ses soupçons.

— Nous ferions bien de nous dépêcher de partir à sa recherche.

Max gagna la porte d'entrée.

Avant qu'il n'ait pu aller loin, ajouta-t-il silencieusement.

Liz lui emboîta le pas.

L'air était frais, mais Max sentit que la journée serait un

peu plus chaude que les précédentes. Apparemment, leur été anormalement tempéré touchait à sa fin – peut-être la chaleur ne serait-elle pas encore torride, mais bientôt... Enfin, il avait des choses plus importantes que le temps à l'esprit. C'était son premier acte officiel d'adulte... et il avait perdu l'enfant sur lequel il devait veiller. Cela n'augurait pas bien de son avenir de père.

— A ton avis, où devons-nous commencer ? demanda-t-il.

— Par la limite arrière de la propriété. De là, nous reviendrons vers la maison.

Puisque Liz connaissait mieux les lieux que lui, Max se laissa guider. La jeune fille fit appel à ses souvenirs et l'emmena vers la section de la clôture qui marquait le bout de la propriété. Si Jason avait décidé de se cacher dans le ranch, il devait s'être éloigné autant que possible de la maison. Et dans ce cas, Max espérait que les recherches ne dureraient pas plus de quelques minutes.

— Jason a-t-il jamais mentionné un endroit où il aime se réfugier ? Tu sais, comme une maison dans un arbre, par exemple.

Max se souvint de sa propre enfance et du château qu'il avait construit avec des boîtes en carton, au fond du jardin de ses parents.

Un château... C'est drôle, je n'avais jamais mesuré à quel point il était approprié que j'aie un château secret.

Liz fouilla dans sa mémoire, revoyant en esprit les lettres et les e-mails que Jason lui avait envoyés.

— Non, je ne crois pas. Il ne mentionnait quasiment jamais le ranch. Je me suis toujours dit que c'était étrange, parce qu'à Roswell, il vivait dans un appartement. A sa place, je n'aurais pas cessé d'en parler. Avoir autant de pièces pour jouer, à son âge, c'est génial.

— Moi, ça me semble plutôt solitaire, dit Max, alors qu'ils traversaient la pelouse. C'est grand et vide. T'a-t-il parlé de ses amis ? Il est peut-être allé en voir un.

— Il ne m'a jamais parlé de qui que ce soit, avoua-t-elle.

Mais ça fait plus d'un an que nous avons perdu le contact. Il peut avoir une centaine de copains… ou pas un seul.

— On dirait qu'il mène une vie aussi solitaire que l'était jadis celle de Michael.

— Voilà, nous sommes arrivés…

La clôture ne semblait pas particulièrement solide, mais sans doute assez pour des moutons.

Max s'arrêta, se demandant où étaient les animaux. Il n'en avait vu aucun, pourtant, la veille, Liz, Jason et lui avaient passé l'après-midi à la maison. Puis il vit un bâtiment, au loin, et présuma que ce devait être la bergerie. S'il ne se trompait pas, les garçons de ferme seraient bientôt à pied d'œuvre – si ce n'était pas déjà le cas.

Eventuellement, ils pouvaient demander de l'aide pour chercher Jason. Mais cela aurait autant d'inconvénients que d'avantages…

Liz regarda par-delà la clôture, dans la propriété voisine, où des chevaux gambadaient.

— Je ne le vois nulle part.

— Peut-être là-bas ? Qu'en penses-tu ? demanda Max, montrant la bergerie.

— Il faut bien commencer quelque part…

La bergerie, située à la limite de la propriété, semblait plus neuve que les autres bâtiments. Max trouva cela bizarre, puisqu'elle était censée donner sa raison d'être à ce type de domaine – raison pour laquelle elle était souvent bâtie en *même temps* et *près* de la maison. Il ne put s'empêcher de penser que la bergerie avait été déplacée récemment, car il devait être impossible d'avoir des moutons à quelques mètres de chez soi et de garder un jardin propre.

Alors qu'il traversait le champ, Max étudia le domaine des Lyles. A part de l'herbe, la résidence principale, un garage démesuré et une petite maison d'amis – qui avait dû accueillir les garçons de ferme du temps des parents de George Lyles –, il n'y pas avait grand-chose à voir.

Le jeune homme réfléchit et conclut qu'ils devaient absolument aller visiter la maison d'amis. Il ne pensait pas que Jason était le genre de garçon à se cacher au milieu des moutons. Mais le plan initial prévoyait de commencer à la clôture et de revenir vers la maison, et la bergerie était sur leur chemin.

En réalité, Max ne pensait pas sérieusement que Jason jouait à cache-cache sur la propriété. Mais ils ne pouvaient pas élargir la zone de recherche avant d'avoir épuisé toutes les possibilités…

— Attends, dit Max à Liz, qui allait ouvrir la porte de la bergerie. Nous devrions peut-être regarder par la fenêtre, pour voir ce qu'il y a dedans. Si nous ouvrons et que les moutons s'échappent…

— Tu as raison, répondit-elle en lâchant la poignée. Et nous devrions aussi regarder si nous apercevons un garçon de ferme. Je trouve plutôt bizarre que nous n'ayons encore vu personne.

Max monta sur un tonneau. Quand il retrouva son équilibre et put regarder par la fenêtre, il fut surpris de découvrir que la bergerie était vide.

— Il n'y a rien, annonça-t-il à sa compagne.

— Pas de garçon de ferme ?

Il sauta à terre.

— Pas de garçon de ferme. Ni de mouton. Rien. L'endroit est désert.

— Qui peut bien avoir un élevage de moutons sans moutons ? demanda Liz.

Max ouvrit la porte de la bergerie.

— Jason, tu es là ?

Ils entrèrent.

— Jason, ce n'est pas drôle, fit Liz.

— Il est peut-être dans le fenil, fit Max, montrant l'échelle, contre le mur du fond, qui permettait de grimper à l'étage.

— Je vais voir, répondit la jeune fille.

— Je peux y aller.

— Non, tu es déjà monté sur le tonneau. C'est mon tour.

— Bon, alors, allons-y tous les deux…

— Tu crois vraiment qu'il faut deux personnes pour

fouiller un grenier vide ? dit Liz. Cesse de jouer les gentlemen. Ça commence à faire sexiste.

— Désolé, répondit Max, en la regardant grimper. Tu vois quelque chose ?

— Rien que des mouches !

— Des mouches… Oui, c'est ça ! s'écria Max.

— Tu sais où est Jason ? demanda Liz.

— Pas exactement, mais je sais comment y aller.

CHAPITRE XI

Kyle sonna de nouveau.

Debout devant la maison des Evans, il espérait qu'Isabel lui ouvrirait. Il venait de passer sa première bonne nuit de sommeil depuis longtemps, et c'était grâce à elle. Elle lui avait consacré du temps, passant une bonne partie de la journée avec lui – et de la nuit.

Bien sûr, il avait encore fait des rêves, mais ils ne l'avaient pas réveillé en sursaut. S'il n'avait pas rattrapé tout son sommeil en retard, c'était certainement un bon début.

Fatigué d'attendre, Kyle retourna vers sa voiture, se demandant ce qu'il allait faire de sa journée. Il savait que M. et Mme Evans étaient absents, mais il ne s'attendait pas à ce qu'Isabel soit sortie de si bon matin. Après tout, elle était restée debout avec lui la moitié de la nuit.

Mais elle n'est peut-être pas encore sortie ?

Puisqu'il s'était déplacé jusqu'ici pour la remercier en personne, Kyle se dit qu'il valait mieux vérifier – histoire d'être *vraiment* sûr qu'elle n'était pas à la maison. Contournant la résidence des Evans, il décida de recourir à ce qui était devenu un moyen non officiel pour ses amis et lui d'entrer quelque part. Regardant par la fenêtre de la chambre d'Isabel, il constata qu'elle dormait toujours.

J'espère qu'on ne me prendra pas pour un voyeur.

Kyle regarda autour de lui pour s'assurer que personne ne l'observait, puis il se tourna de nouveau vers Isabel. Elle était si paisible qu'il décida de ne pas la déranger. Il allait partir quand les instincts de détective hérités de son père et de son grand-père s'éveillèrent. Alors, il nota plusieurs choses étranges.

Isabel portait toujours ses vêtements de la veille. Cela pouvait s'expliquer : elle était peut-être trop fatiguée, en rentrant, pour avoir pris le temps de se changer. Mais dans ce cas, elle aurait au moins pu éteindre la lampe posée sur son bureau. D'autres petits indices laissaient également penser que quelque chose n'allait pas. Pour commencer, elle était au-dessus des couvertures, alors que la nuit avait été assez fraîche. Et elle n'était pas couchée, mais assise dans une position qui ne devait pas être très confortable.

Inquiet, Kyle ouvrit la fenêtre et entra dans la chambre.

— Isabel ? murmura-t-il, pour ne pas la réveiller en sursaut.

Elle ne bougea pas.

— Isabel ? répéta-t-il, un peu plus fort. Isabel !

Il approcha du lit et la secoua – doucement, au début, puis plus fort.

— Isabel, réveille-toi. Allez, tu me fiches la trouille…

La tête de la jeune fille roula sur le côté, mais elle n'ouvrit pas les yeux.

Kyle l'allongea dans une position plus confortable et regarda dans la pièce, cherchant un indice. Il devait bien y avoir une explication à cet étrange sommeil.

Que se passe-t-il ?

Il pensa à une myriade de raisons.

Une maladie extraterrestre ? Un voleur de corps ? Subissons-nous une nouvelle attaque ?

Ces hybrides hibernent-ils ?

Prenant le miroir de poche posé sur la commode, il employa un truc qu'il avait appris en prenant soin de son grand-père. Retenant son souffle, il le tint sous le nez de son amie, pour vérifier qu'elle respirait toujours. Le miroir s'embua quand elle expira, confirmant qu'elle était toujours vivante.

D'accord, mais après ?

Liz.

Voyant le téléphone sans fil d'Isabel posé sur la table de

nuit, il le prit et composa le numéro de Liz. Puis il se souvint qu'elle n'était pas en ville. Et que Max était avec elle. Il voulut essayer de la joindre sur son portable, mais Artesia était à une heure de route. Une heure, ce n'était pas si long, mais rester seul en un moment pareil… Il avait besoin d'une aide immédiate.

Michael.

Mais il ne connaissait pas son numéro.

Il regarda autour de lui, essayant de trouver le carnet d'adresses d'Isabel. Il n'était pas près du téléphone, et Kyle n'avait pas envie de fouiller la chambre. Il ignorait où Isabel le rangeait. Il abandonna, certain qu'elle devait connaître par cœur le numéro de Michael.

Son père ayant de nouveau disparu – il était parti avant qu'il n'ouvre l'œil –, il était inutile que Kyle appelle chez lui. Soudain, son groupe d'amis lui semblait étonnamment restreint…

— Isabel, réveille-toi ! cria-t-il en la secouant de plus belle.

Il vérifia son pouls et le trouva un peu lent, mais pas au point d'ajouter à son inquiétude. Sa peau était fraîche, indiquant qu'elle n'avait pas de fièvre.

— Isabel !

Rien.

Alors qu'il se demandait ce qu'il devait faire, Kyle crut entendre du bruit dans la maison. Craignant que celui qui avait fait du mal à Isabel ne soit toujours là, il résista pourtant à la tentation d'appeler le shérif Hanson. En faisant entrer la police chez les Evans, il risquait de s'attirer beaucoup d'ennuis. D'autant plus qu'il n'était pas sûr d'avoir entendu quelque chose. Ce n'était peut-être que le fruit de son imagination.

Regardant dans la pièce, Kyle aperçut une raquette de tennis et s'en saisit – la seule « arme » qu'il ait à portée de main. Il entrouvrit la porte de la chambre d'Isabel et observa le couloir. Personne. Il sortit pour fouiller la maison, se maudissant mentalement de ne pas avoir appelé des renforts.

Kyle s'assura que le couloir était désert avant d'entrer

dans la chambre de Max. Heureusement, la porte était ouverte, lui confirmant qu'aucune mauvaise surprise ne l'y attendait. La pièce semblait vide, mais il vérifia quand même. Si une personne cherchait quelque chose en rapport avec les extraterrestres, c'était sans doute le premier endroit où elle irait. Echangeant la raquette de tennis d'Isabel contre la batte de base-ball de Max, il ouvrit le placard. Rien. Gardant la batte à la main, il continua.

Il ne vit rien qui sorte de l'ordinaire dans la chambre à coucher de M. et Mme Evans. Content d'avoir trouvé une arme, il continua son inspection méticuleuse, passant d'une pièce à l'autre. Au passage, il vérifia les portes et les fenêtres. Les portes étaient toutes fermées à clé. Les fenêtres, en revanche, étaient le plus souvent simplement baissées – comme celle par laquelle il était entré.

Il termina sa ronde et retourna dans la chambre d'Isabel. Poussant un grand soupir, il sentit un peu de la tension qui l'habitait se dissiper. Il posa la batte de base-ball dans un coin – s'assurant qu'elle était facilement accessible, au cas où il en aurait besoin plus tard.

Michael.

— Je reviens, promit-il à la forme inconsciente d'Isabel. Je vais chercher de l'aide.

Kyle ressortit par la fenêtre et courut jusqu'à sa voiture. Direction l'appartement de Michael. Il détestait laisser Isabel seule dans l'état où elle était, mais il n'avait pas le choix. S'il avait eu les idées claires, sans doute aurait-il pensé à appeler Maria. Même si son amie n'était pas chez elle, sa mère aurait pu lui donner le numéro de téléphone de Michael. Mais Kyle n'avait pas les idées claires. Il pensait à la myriade de choses qui avait pu plonger Isabel dans cet état comateux.

Fonçant dans les rues de Roswell, il craignit d'être arrêté par la police. D'accord, il pourrait sans doute convaincre l'agent de ne pas lui coller une amende – il avait grandi au milieu des agents. Mais il ne pourrait pas éviter de se faire sermonner. Même s'il était adulte, tous continuaient de le considérer comme un petit garçon.

Il adressa une prière silencieuse à Bouddha pour lui demander de lui porter chance tandis qu'il roulait vers l'appartement de Michael, laissant de la gomme sur la chaussée à chaque tournant.

Au plus profond de l'esprit de Kyle, Isabel était assise dans la reconstitution exacte de la chambre à coucher du jeune homme. Elle n'était plus seule. Un petit garçon était assis à côté d'elle sur le lit. Il avait environ six ans...

Et il ressemblait beaucoup à Kyle.

Isabel connaissait le fils Valenti depuis des années, même s'ils étaient devenus amis récemment, par la force des choses. Elle se souvenait de la première fois où elle l'avait vu, à l'école. Ce jour-là, ses amies et elle étaient assises sur les gradins, et l'équipe junior de football était entrée sur le terrain. Kyle en faisait partie. Et si le petit garçon qui était avec elle paraissait un peu plus jeune que le Kyle de ses souvenirs, c'était bien lui.

Il était assis, balançant les jambes d'avant en arrière, sans rien dire. Le lit grinçait légèrement à chacun de ses mouvements. Isabel était impressionnée par le réalisme du rêve. A part cela, elle aurait pu entendre une mouche voler. La pièce était mortellement silencieuse. Le gamin n'avait pas ouvert la bouche depuis son aveu laconique.

Tout est ma faute.

Isabel avait perdu la notion du temps, mais elle savait qu'elle se promenait dans ce rêve depuis trop longtemps. A ce sujet, deux choses l'ennuyaient.

Primo, elle s'inquiétait pour son corps, son subconscient ne l'ayant jamais quitté si longtemps. *Secundo*, elle avait peur de ce qu'elle faisait à l'esprit déjà fragilisé de Kyle.

J'étais censée jeter un petit coup d'œil, se rappela-t-elle.

— Tu es sûr de ne pas vouloir parler ? demanda-t-elle de nouveau au petit garçon.

Il secoua la tête.

— Kyle, dit-elle, décidant de tenter le tout pour le tout et de l'appeler par son nom.

Il tourna la tête vers elle, confirmant ses soupçons, mais il ne dit rien.

— Je comprends que tu n'aies rien envie de me dire pour le moment, continua-t-elle d'une voix douce. Mais dans ce cas, il va falloir que je m'en aille.

La terreur déforma les traits du jeune Kyle Valenti, vite remplacée par un air résolu. Il semblait déterminé au sujet de quelque chose, mais il ne lui dit pas quoi.

Ses pieds frappaient toujours le montant du lit, selon un rythme désormais familier.

Tap, tap, tap. Tap, tap.

— Je suis désolée, dit-elle. Mais j'ai peur qu'en restant trop longtemps, je finisse par te faire du mal.

Espérant calmer l'enfant, Isabel comprit qu'elle expliquait ses motivations à une ombre projetée par l'esprit de Kyle. Mais elle était en territoire inconnu. Et elle était vraiment inquiète : à chaque minute qui passait, elle faisait peut-être des dégâts irréparables dans le subconscient de son ami.

Plongeant en elle-même, Isabel imposa à son subconscient de retourner dans son corps. Elle ferma les yeux. Mais quand elle les rouvrit, au lieu de découvrir sa chambre à coucher, elle constata qu'elle était toujours dans celle de Kyle. Ou plus précisément dans celle de son rêve.

Elle essaya encore, s'ouvrant aux sensations qui lui étaient devenues familières au fil de ses promenades nocturnes. Elle se tendit vers l'impression de flotter qu'elle associait à la liberté de voyager hors de son corps…

Mais elle ne sentit rien de tout cela.

Son esprit était prisonnier de celui de Kyle.

— Pourquoi ne puis-je pas partir d'ici ? demanda-t-elle au petit garçon en essayant de ne pas paniquer.

Kyle devrait bientôt se réveiller, se dit-elle.

Isabel présumait, à tort, qu'elle était prisonnière de ses cauchemars, alors que c'était devenu un rêve tout éveillé.

— Je ne veux pas que tu partes, répondit Kyle, avec la candeur typique d'un enfant de cet âge.

— Mais il le faut, supplia Isabel. Je suis déjà restée trop longtemps. Je risque de te faire du mal !

Il se contenta de la fixer avec un air résolu.

— S'il te plaît, Kyle, insista-t-elle, de plus en plus effrayée. Je te promets de revenir la nuit prochaine. Et les suivantes. Jusqu'à ce que tu ailles mieux.

— Non, répondit-il d'un ton ferme. Je ne veux pas que tu partes… jamais.

CHAPITRE XII

— Que fais-tu ? demanda Liz, essayant de suivre Max.

— Je me fie à une intuition, répondit-il sans s'arrêter.

Il approcha de la maison, qu'il contourna par le devant. Empruntant l'allée, il marcha ensuite vers le garage. Il essaya la première porte, puis la deuxième. Elles étaient fermées.

— Sais-tu où sont les clés ? demanda-t-il à Liz en commençant à faire le tour de la construction, pour voir s'il y avait un autre moyen d'y entrer.

— Je crois avoir vu un trousseau dans la cuisine.

Elle voulut aller le chercher. Il l'arrêta.

— Aucune importance.

Il y avait une porte sur le côté... et elle était restée grande ouverte, sans doute à leur intention.

Liz revint sur ses pas et le suivit dans le garage.

Il était assez grand pour abriter quatre véhicules, et tout aussi propre que le reste de la maison. Pour le moment, il n'y avait qu'une seule voiture, et la place pour le Land Rover de M. Lyles. Le reste de l'espace était occupé par deux motos comme celles que Max avait vues sur la photographie, dans la chambre de Jason.

Contournant la voiture, il nota aussitôt qu'il y avait assez de place pour une troisième moto.

— J'ai entendu une sorte de bourdonnement, ce matin, dit Max.

Il s'accroupit pour regarder de plus près une trace de pneus sur le sol de ciment.

— J'ai cru que c'était une mouche, mais ce devait être

un bruit de moteur, étouffé par la distance et l'épaisseur de la vitre de ma fenêtre.

— Je n'ai rien entendu, répondit Liz.

— Tu devais être sous la douche.

Après réflexion, elle convint qu'il avait raison.

— Tu es sûr qu'il y avait trois motos ?

— Jason a une photo de ses parents et lui, sur son bureau. Ils sont sur des bécanes exactement comme celles-là. (Max chercha d'autres indices pour confirmer ses soupçons.) Il m'a dit qu'ils ne les avaient pas louées, qu'elles étaient à eux.

« En plus, tout est tellement bien organisé, dans cette maison. Alors, tu ne trouves pas bizarre qu'il y ait cet espace libre entre le mur et les deux motos – un espace correspondant à la largeur d'une troisième ?

— Excellent travail de déduction, Sherlock, fit Liz, réellement impressionnée.

Un tableau à clés en bois était accroché au mur. Les trois crochets étaient vides.

— Il a pris toutes les clés.

— Pourquoi les Lyles garderaient-ils les clés là-dedans ? demanda Liz. Si un voleur entrait ici, il aurait l'embarras du choix !

— Tu as raison, répondit Max. C'est bizarre…

Regardant les deux motos qui restaient, il put déterminer laquelle était à George Lyles. Elles étaient identiques – avec des rayures rouges et noires – mais l'une d'elles ne semblait jamais avoir servi. Elle était trop propre pour un engin conçu… pour se salir.

— Mais Jason s'est assuré qu'on ne chipe pas les bécanes, ajouta Max.

Il vérifia, et comme il s'y attendait, constata qu'aucune moto n'avait de clé dans le démarreur.

— Bon, ça ne devrait pas nous poser de problème.

Liz lui sourit.

Sans dire un mot, Max plaça une main sur chaque démarreur, se concentrant sur les moteurs. Une lueur bleue jaillit de ses paumes. Un instant plus tard, les moteurs émirent le bourdonnement caractéristique qu'il avait entendu un peu plus tôt, quand il était encore couché dans son lit confortable.

Pourquoi me suis-je levé ?

Max prit un casque, des coudières et des genouillères et les tendit à Liz, puis il saisit l'autre jeu d'équipement. Il ne lui fallut pas très longtemps pour l'enfiler.

— Bon, je crois pouvoir t'apprendre à te servir d'une de ces bécanes en quelques minutes, dit-il. Bien sûr, ça peut être dangereux…

Mais Liz était déjà équipée des pieds à la tête. A califourchon sur la selle, elle attendait qu'il donne le départ.

Elle remarqua l'air surpris de Max.

— N'oublie pas que je suis sortie avec Kyle Valenti tout un été, lui rappela-t-elle. Comment crois-tu qu'il s'éclate ?

— Dans ce cas, allons-y !

Max tendit sa main droite vers la commande électrique du garage, et la porte se souleva comme par enchantement. Arrivés à l'entrée du ranch, ils s'arrêtèrent, pour voir si la voie était libre. Max en profita pour chercher un indice du passage de Jason.

— Si nous prenons à gauche, nous arriverons en ville, dit-il, sceptique.

— Je doute qu'il y soit allé en moto, fit Liz, qui devait penser la même chose que lui.

Juste en face, il y avait l'entrée d'une autre propriété, mais Max élimina aussitôt cette direction de la liste des possibilités. A droite, en revanche, il y avait encore des ranchs, puis le désert.

— Il a dû partir par là.

— Max, regarde ça, appela Liz, montrant quelque chose sur le bas-côté de la route.

Ils se rangèrent.

— Une trace de pneus, déclara-t-il.

La piste partait de la propriété des Lyles et longeait le bord de la route, dans la poussière.

— Maintenant que nous sommes certains qu'il a fait une fugue, nous devrions peut-être prévenir la police, dit Liz.

— Je ne sais pas…

Max avait une autre idée en tête. La piste était nette et profonde, donc facile à suivre.

— Apparemment, Jason a un problème. Et si nous mêlons la police à ça, il pourrait ne jamais nous faire assez confiance pour se confier à nous.

Max essaya de se souvenir de l'époque où il considérait la police comme le premier recours, en cas d'urgence. Quand il était enfant, l'Agent Amical venait souvent à l'école, pour leur donner des conférences sur la sécurité, et ce qu'il fallait faire quand un inconnu vous abordait. Il s'était toujours senti beaucoup mieux en pensant que le policier à la voix calme s'assurait que la ville était sûre. En ce temps-là, les policiers étaient les gentils, et il se sentait en sécurité sous leur regard vigilant. Ce sentiment n'avait pas faibli quand il avait appris que l'Agent Amical s'appelait en réalité Valenti, et qu'il était le père d'un de ses camarades.

Aujourd'hui encore, il se sentait raisonnablement en sécurité près des représentants de la loi – la plupart du temps –, mais les choses étaient plus compliquées. Depuis quelques années, les policiers étaient les derniers à qui il pouvait demander de l'aide. Max savait qu'il ne pouvait pas leur faire confiance – pas parce qu'ils étaient à sa recherche, mais parce que leur boulot était de rapporter tout ce qui sortait de l'ordinaire. Or, les situations dans lesquelles il se retrouvait constamment n'avaient absolument rien d'ordinaire.

Au moins, je sais que je peux de nouveau me fier à l'Agent Amical.

Mais ici, ils avaient affaire à un cas de disparition d'enfant. Il s'inquiéta, songeant que sa réaction pouvait mettre la vie de Jason en danger. Mais en même temps, il ne pouvait se débarrasser d'une impression : si Liz et lui retrouvaient le gamin sans l'aide de personne, il leur ouvrirait son cœur.

— Je ne sais pas, dit la jeune fille. Je suis vraiment inquiète pour Jason.

— Moi aussi, assura Max, qui n'avait pas quitté des yeux la trace de pneus sur le bas-côté de la route. Très bien. Si dans une heure nous n'avons pas retrouvé Jason, nous appellerons la police. Ça te va ?

Liz hésita.

— Je crois qu'il veut être retrouvé, ajouta Max.

— Qu'est-ce qui te fait dire ça ?

— Dans le cas contraire, il aurait roulé sur la route et il n'aurait pas laissé de trace. Il l'a fait pour que nous puissions le suivre.

— Tu n'aurais pas été détective dans une autre vie ? fit Liz. D'accord, admettons qu'il ait voulu que nous le suivions… mais alors, pourquoi a-t-il pris toutes les clés ?

Max pensa à ce qui s'était passé la veille, quand il avait été forcé d'utiliser ses pouvoirs pour ouvrir la porte de la chambre de Jason.

— Parce qu'il est malin.

Ils repartirent, veillant à ne pas perdre de vue la trace de pneus. Heureusement, la route n'était pas très fréquentée, si bien qu'ils n'eurent pas trop de mal à suivre la piste. Max laissa courtoisement Liz prendre la tête, puisqu'elle semblait être plus à l'aise que lui sur une moto.

Ça fait vraiment trop longtemps que je n'étais pas monté sur un de ces engins, pensa-t-il.

Dès qu'ils eurent dépassé le dernier ranch, la piste s'enfonça dans le désert – comme Max l'avait prédit. Là aussi, les traces étaient restées bien nettes.

Liz ralentit et s'arrêta pour sonder le désert.

— Je ne vois rien, dit-elle.

— Moi non plus, répondit Max, s'arrêtant à côté d'elle. Mais il a de l'avance sur nous. Continuons encore un peu, avant de nous avouer vaincus et de faire demi-tour.

— D'accord. Mais il va falloir y aller doucement. Je suis une novice dans ce sport.

— Tu te débrouilles déjà mieux que moi.

— J'ai remarqué.

Elle lui fit un sourire malicieux et accéléra.

Ils continuèrent sans perdre la piste, même si un buisson

ou un coup de vent l'avaient parfois sectionnée. Jason roulait en ligne droite, ce qui prouvait à Max qu'il avait raison : le gamin voulait être retrouvé.

Il leur fallut un quart d'heure pour atteindre des petites collines qui ressemblaient davantage à des dunes de sable. Ce genre de terrain les obligea à se montrer encore plus prudents. Max était désormais en tête. Soudain, alors qu'il franchissait le sommet d'une colline, la piste disparut…

… et le sol aussi.

La moto bondit dans les airs. Baissant les yeux, Max vit le trou béant qui s'ouvrait sous ses roues. Il tendit la main, et un champ de forces vert apparut sous les roues de la moto. Il atterrit dessus avec assez de force pour le ressentir dans ses os, et tomba de sa selle.

Mais il réussit à rester concentré. Il tint bon, et le champ de forces aussi.

— Max ! cria Liz, en volant dans les airs, quelques secondes derrière lui.

Roulant sur le côté, Max regarda sa petite amie atterrir sur le champ de forces, à l'endroit exact où il était une fraction de seconde auparavant. Elle réussit l'exploit de rester en selle, ce qui l'impressionna beaucoup. Néanmoins, elle semblait un peu secouée par l'expérience.

— Ça va ? demanda-t-il, d'une voix qui tremblait d'inquiétude pour elle.

Elle hocha la tête.

La barrière d'énergie verte continuait de tenir, les protégeant d'une chute au fond de la caverne sombre.

— Dépêche-toi, dit Max, poussant Liz hors du champ de forces. Je ne sais pas combien de temps je pourrai encore le maintenir.

Il savait que son champ de forces était efficace contre les balles et les rayons extraterrestres. Mais il ignorait combien de temps il pourrait supporter leurs poids et celui de leurs motos.

Dès que Liz eut ramené la sienne sur la terre ferme, Max releva l'autre de sa main libre et quitta à son tour le champ de forces. Avec un soupir de soulagement, il laissa l'énergie retourner en lui.

Ils se retrouvèrent devant un énorme trou. Des poutres en bois étaient visibles, quadrillant les profondeurs.

— Qu'est-ce que ça fiche là ? demanda Max, qui essayait toujours de reprendre son souffle.

— Ce doit être une ancienne mine, répondit Liz. Il y en a partout, dans le désert.

— D'accord, mais tu ne crois pas qu'il pourrait y avoir un panneau pour signaler le danger ?

Il regarda autour de lui, mais ne vit rien.

— Il pourrait..., dit-elle.

Ils étaient debout devant une sorte de cratère creusé dans le sable. Mais il n'avait pas de fond. A la place s'ouvrait une crevasse obscure de près de quatre mètres de diamètre. Des poutres branlantes étaient disposées en travers, très espacées l'une de l'autre.

A peu près à l'endroit où Liz et Max seraient tombés, s'il n'avait eu la présence d'esprit d'ériger un champ de forces, plusieurs poutres étaient cassées.

Aux yeux de Max, appeler ça une mine semblait déplacé. Pour lui, le mot mine évoquait une galerie creusée dans le flanc d'une montagne, avec des poutres pour étayer l'entrée et des rails pour les wagonnets. Il en avait vu des tas dans les vieux films et les dessins animés.

Ça, c'était le genre d'endroits où tombait Wil le Coyote, ou qu'explorait Indiana Jones. Tout bêtement un trou dans le sol. Littéralement.

Regardant derrière lui, Max eut la confirmation que la piste qu'ils suivaient menait bien dans cette direction.

Jason est passé par là, se dit-il.

Mais il n'eut pas le courage de le dire à Liz. Il ne voulait pas savoir si ses soupçons étaient fondés – plus important encore, il ne voulait pas qu'*elle* le sache.

— Il y a quelqu'un ? cria une jeune voix familière. Au secours ! Je suis dans ce maudit trou !

Max fut soulagé d'apprendre que Jason était toujours en vie.

— C'est toi, Jason ? cria Liz, au bord de la panique.

Ayant apparemment dépassé ce stade, Jason hurla :

— Liz ? Au secours !

— Tiens bon ! cria Max. Nous allons te sortir de là. A quelle profondeur es-tu ?

— Je ne sais pas ! répondit Jason. Mais je ne suis pas au fond.

— Comment ça ? demanda Liz. Où es-tu ?

— Sur une sorte de poutre. Mais ma bécane est tombée au fond…

Au son, il était encore loin.

Max entendait la voix de Jason trembler – et ce n'était pas un effet de l'écho.

— Nous allons te tirer de là, promit-il.

— Faites vite, répondit le garçon. Je crois que la poutre est en train de céder.

CHAPITRE XIII

Quand Maria ouvrit les yeux, la première chose qu'elle vit fut la peinture, toujours disposée en face d'elle.

La deuxième, la lumière du jour qui entrait par la fenêtre.

Et naturellement, la troisième fut l'horloge.

— Michael ! C'est le matin ! cria-t-elle, réveillant son petit ami, qui dormait près d'elle. Comment as-tu pu me laisser m'endormir ? Ma mère va me tuer ! Puis elle te tuera ! Ensuite, elle nous tuera de nouveau tous les deux, pour faire bonne mesure !

— Quoi ?

Ses cris l'avaient tiré de son sommeil, mais il n'avait pas compris un mot de son discours.

— Matin, résuma-t-elle, essayant de se montrer claire et concise. Ma mère. Moi. Toi. Morts !

— On ne peut plus rien y faire, répondit Michael.

Il voulut se retourner pour se rendormir, mais c'était irréalisable quand on dormait assis sur un canapé. Il avait mal à la nuque d'avoir gardé une position inconfortable toute la nuit.

Maria s'exhorta à se calmer, comprenant qu'il avait raison. Ayant un drôle de goût dans la bouche, elle fouilla dans son sac pour prendre une pastille à la menthe.

— Un jour, elle aura une crise cardiaque, et ce sera ma faute !

— Puisque tu es ici, fit Michael, tâtant le terrain, que dirais-tu de faire le petit déj' ?

Elle lui lança un regard noir.

— Je plaisantais…

Il se leva et gagna la cuisine.

— C'est toi qui as fait la popote, hier soir. Ce matin, c'est mon tour. Qu'est-ce qui te ferait envie ? Garde à l'esprit que je n'ai que des œufs.

— Michael Guerin ? Michael Guerin me propose de me faire le petit déjeuner ? Le monde doit s'être arrêté de tourner ! Aurais-tu été enlevé par des extraterrestres… oh, attends… peu importe.

— Mon offre est à durée limitée.

Il n'avait pas la patience de supporter l'ironie de Maria si peu de temps après s'être réveillé. Il n'avait aucune patience le matin – ni à aucune autre heure de la journée.

— Je veux bien manger quelque chose.

Maria, qui l'avait rejoint, se pencha pour l'embrasser, mais s'arrêta avant que ses lèvres ne touchent les siennes.

— Beurk. Prends une pastille.

Elle lui tendit un bonbon. Puis, oubliant tout romantisme, elle le libéra de son étreinte et retourna sur le canapé, pour admirer la merveilleuse peinture. Pendant ce temps, Michael ouvrit le réfrigérateur et fouilla dedans pour y dénicher quelque chose de mangeable.

— Tu sais, nous pourrions organiser une exposition de tes œuvres dans une galerie de Main Street, proposa-t-elle. Ou bien au *Crashdown*. Oui, ce serait génial : le cuistot-artiste ! Les journaux locaux raffolent de ce genre de trucs. Et M. Parker serait ravi de cette publicité gratuite.

— Comment ça, *mes* œuvres ? demanda Michael, craignant de comprendre où elle voulait en venir. Il n'y a qu'une peinture.

— Oui, *pour le moment*. Mais je crois que tu as en toi un artiste qui lutte pour se faire connaître. Tout ce qu'il te faut, c'est de l'inspiration. Pense à moi comme à ta muse.

— Je suis pas intéressé.

— Tu n'as même pas pris la peine d'y réfléchir, gémit Maria. Les artistes se font beaucoup d'argent.

— Après leur mort, grogna Michael, lui rappelant les maigres chances qu'avait un artiste d'être reconnu de son vivant. Je te le répète, je ne suis pas intéressé.

« Qu'est-il arrivé à la promesse que tu m'as faite la nuit dernière ? Tu sais, ne plus essayer de me changer ?

— J'étais bouleversée, à cause de ta peinture, expliqua-t-elle. C'est passé. Alors, que préfères-tu : huile ou acrylique ?

— Je préfère qu'on me fiche la p…

Michael fut interrompu par des coups frappés à la porte.

Maria entrouvrit les lèvres pour répondre, mais il lui plaqua une main sur la bouche. Avec une expression anxieuse, il la supplia du regard de ne pas faire un bruit, et elle prit l'avertissement avec le plus grand sérieux.

La plus grande peur de Michael restait que des coups frappés à sa porte annoncent un jour l'arrivée du FBI… ou pire.

— Michael ? C'est Kyle ! Laisse-moi entrer !

En chœur, Michael et Maria soupirèrent de soulagement. Il retira sa main de devant la bouche de sa petite amie et alla ouvrir.

— Ne tambourine plus jamais comme ça à ma porte, dit Michael à son visiteur.

Kyle était hors d'haleine.

Dès qu'il eut recouvré son souffle, il leur annonça qu'il avait découvert Isabel inconsciente, et qu'il n'avait pas pu la ranimer. Oubliant le petit déjeuner, les trois jeunes gens sortirent en trombe pour aller chez les Evans. Kyle sauta dans sa décapotable, et Michael et Maria prirent la Jetta de Mme DeLuca.

Ignorant qu'Isabel était prisonnière de son esprit, Kyle amena ses amis près d'elle – en entrant de nouveau dans la maison par la fenêtre de sa chambre. Il resta debout près du lit pendant que Michael étudiait la jeune fille, sans trop savoir quoi faire.

Malheureusement, ce n'était pas la première fois qu'ils étaient dans ce genre de situation. Il leur arrivait souvent de n'avoir pas la moindre idée de ce qu'ils devaient faire.

— Tu l'as trouvée comme ça ? demanda Michael.

— Eh bien, elle était assise et toute tassée, répondit Kyle, alors je l'ai allongée.

L'air inquiet, Michael s'assit au bord du lit et posa la main sur le front d'Isabel.

— Sa peau est fraîche, et son visage n'est pas rouge…

Il lui prit le poignet et chercha son pouls. Il lui sembla normal – ni trop lent, ni trop rapide. D'ailleurs, la poitrine de la jeune fille se soulevait et s'abaissait régulièrement.

— Quand tu l'as vue, hier, elle était souffrante ?

— Non, pas du tout, répondit vivement Kyle. Elle était en parfaite santé.

— Et elle a passé toute la journée avec toi ?

— Eh bien, elle a disparu quelques minutes, le temps de faire une course, mais elle ne m'a pas quitté très longtemps. Et après ça, elle ne m'a pas paru différente.

Etant entrés par la fenêtre, ni l'un ni l'autre n'avaient vu l'almanach tombé de l'autre côté du lit d'Isabel.

— Je n'arrive pas à joindre Liz et Max sur leurs portables.

Maria, qui était sortie dans le couloir pour téléphoner, revint dans la chambre, son mobile à la main. Elle non plus ne remarqua pas le livre à moitié caché sous le lit.

— Ils ne doivent pas avoir de réseau, alors je leur ai laissé un message. Et j'ai aussi appelé sur le téléphone fixe du ranch. Espérons qu'ils vérifient leurs messageries.

— T'a-t-elle laissé une adresse ? demanda Kyle, soulagé de ne plus être seul face à cette situation délirante. Je pourrais aller les chercher. Artesia est à une heure de route.

— Non, pas d'adresse. (Maria commença à chercher un numéro programmé dans son répertoire.) Mais je peux la demander à sa mère.

— Pas de parent ! l'arrêta Michael. Plus il y aura de gens au courant, pire ce sera.

Maria se laissa tomber de l'autre côté du lit et vérifia à son tour les signes vitaux d'Isabel.

— Nous devrions peut-être l'emmener à l'hôpital.

— Et après ? Tu veux peut-être qu'on laisse les médecins lui faire des tests ? Ou lui prendre un échantillon de sang ? Excellente idée, Maria !

Même si elle était habituée à son ironie, Maria fut blessée

par les paroles de Michael. Mais elle essaya vaillamment de ne pas le montrer. Elle savait qu'il était bouleversé par ce qui arrivait à Isabel.

— Bon, mais la prochaine personne que nous mettrons dans le secret sera un médecin… De préférence un chirurgien de réputation mondiale, spécialisé dans les cas étranges. J'en ai assez de compter sur des suppositions et des rituels indiens !

— Maria, tu es un génie ! fit Michael.

Sur ce compliment – très rare, venant de lui –, il bondit sur ses pieds et gagna la fenêtre.

— Je reviens aussi vite que possible. Kyle, tu me prêtes ta voiture ?

— Pourquoi ne prends-tu pas la Jetta ? demanda Maria, qui avait garé la fidèle petite auto de sa mère à côté de celle de Kyle.

— Quoi ? Prendre une Jetta toute cabossée alors que je peux conduire une Mustang décapotable ? Ça va pas ?

— Qui est responsable de la plupart des bosses ?

— Kyle ? répéta Michael, qui attendait toujours la réponse de son ami.

— Oui… Tiens, voilà la clé.

— Je n'en ai pas besoin, fit Michael, à califourchon sur le bord de la fenêtre. A plus !

— Je suppose que c'est ça, être commandant en second, soupira Maria. Dire que j'ai toujours voulu tomber amoureuse d'un mystérieux homme d'action…

Kyle prit la place de Michael sur le lit et caressa les cheveux d'Isabel.

— Je ne comprends pas. Il n'y a eu aucune alerte extraterrestre, hier. Alors, qu'aurait-il pu lui arriver entre chez moi et ici ?

— A Roswell ? Tout et n'importe quoi. Tu n'as que l'embarras du choix. Nous avons des extraterrestres, des chasseurs d'extraterrestres, des fédéraux, des Skins, et même un millionnaire autodidacte pas si fou que ça qui possède le Musée de l'OVNI, pour couronner le tout.

Le silence qui tomba dans la pièce fut interrompu par la sonnette de la porte d'entrée.

Kyle et Maria se figèrent.

— Ne me regarde pas, dit Maria. Je refuse d'aller ouvrir.

— Tu crois que Michael a oublié quelque chose ? lança innocemment Kyle.

— Il n'est pas du genre à sonner. Ni à passer par la porte d'entrée.

— Attends ici. Je vais voir qui c'est.

Traversant la maison, Kyle se demanda qui cela pouvait bien être, puisque tous les membres de leur bande présents en ville étaient déjà sur les lieux – excepté son père, bien sûr. Il espéra que ce n'était qu'un démarcheur ou un prédicateur quelconque. Bref, une personne qui n'exigerait aucune explication en le voyant ouvrir la porte des Evans. Il essaya d'inventer une excuse pour expliquer sa présence, au cas où il lui en faudrait une, mais n'en trouva pas.

La sonnette retentit de nouveau au moment où Kyle ouvrait la porte. Un instant, il crut avoir de la chance, car il ne reconnut pas immédiatement le visiteur.

Par pitié, dites-moi que vous vendez quelque chose… pensa-t-il.

Puis il s'aperçut que son visage ne lui était pas totalement inconnu…

L'homme qui se tenait devant la porte était d'origine hispanique. Il était vêtu d'un polo et d'un pantalon en toile, mais l'image qui vint à l'esprit de l'adolescent était celle d'un jeune homme en costume élégant. Alors, il sut à qui il avait affaire : le nouvel employé de M. Evans.

Quel est son nom, déjà ? Hum… Jesse quelque chose…

CHAPITRE XIV

— J'appelle de l'aide, dit Liz, sortant son portable de sa poche.

— Attends une minute, dit Max, une dizaine de scénarios à l'esprit… dont aucun ne finissait bien. Nous pourrions peut-être essayer de faire quelque chose avant d'en arriver là.

— Max, tu l'as entendu ! La poutre risque de tomber d'un instant à l'autre, et lui avec ! Nous devons faire venir des secours !

Il savait qu'elle avait raison, mais si elle appelait quelqu'un, la situation leur échapperait totalement.

— Liz, quelle que soit la personne que tu auras au bout du fil, elle préviendra les médias. Penses-y… Un gamin tombé dans un puits de mine désaffecté, c'est le genre de chose dont ils raffolent. Et je ne te parle pas seulement des chaînes et des journaux locaux. Ce genre de truc, ça fait les gros titres à l'échelle nationale. Nos visages seront sur toutes les unes et dans tous les bulletins d'info. Et si je m'inquiète, ce n'est pas seulement parce que les parents de Jason découvriront que j'ai passé le week-end ici avec toi.

Liz le regarda, l'air ébahi.

Max se tut, et comprit aussitôt ce qu'il venait de dire.

Je fais passer mon secret avant Jason, comprit-il. *Je risque sa vie pour protéger la mienne.*

Il revint aussitôt sur sa décision.

— Vas-y, appelle des secours.

— D'accord, dit Liz. Mais après, tu fiches le camp d'ici. Je me débrouillerai toute seule.

— Non, répondit-il. Je ne le laisserai pas tomber.

Sachant qu'elle perdait un temps précieux, Liz prit le téléphone et fit le 911, sans s'apercevoir que les touches n'émettaient pas de bips quand elle les enfonçait. Puis elle porta l'écouteur à son oreille... et s'avisa, horrifiée, qu'elle ne captait pas de réseau.

— Mon téléphone ne fonctionne pas.

— Tiens, prends le mien, dit Max.

Liz le prit et appuya sur « marche ». Sans résultat.

— Qu'allons-nous faire ? demanda-t-elle, rendant le téléphone à Max et rangeant le sien dans sa poche.

Ni l'un ni l'autre ne virent qu'ils avaient des messages en attente.

Se penchant au-dessus du trou, Liz cria :

— Tiens bon, Jason ! Je vais aller chercher de l'aide ! Max restera avec toi !

Pour toute réponse, Jason poussa un cri perçant.

— Que se passe-t-il ?

— La poutre glisse !

— Jason ! hurlèrent Liz et Max à l'unisson.

— Ça va, leur répondit-il, un peu moins paniqué. Elle ne bouge plus.

— A quelle profondeur es-tu ? demanda Max.

Il retira ses protections, pour être plus libre de ses mouvements, mais garda son casque.

— Je ne sais pas, répondit Jason.

— Je vais descendre le chercher, annonça calmement Max à sa petite amie.

Il fit le tour du trou, et trouva un endroit où les poutres étaient assez espacées pour lui permettre de descendre.

— Comment ? demanda Liz, inquiète à l'idée qu'il prenne un tel risque, mais encore plus inquiète pour Jason. Nous n'avons pas de corde.

— Je peux créer des prises en descendant, répondit Max, le regard baissé vers le puits, pour qu'elle ne voie pas qu'il avait peur. Ce ne sera pas plus difficile que de monter à une échelle.

— C'est beaucoup trop dangereux.

— Nous n'avons pas le choix !

— Sois prudent…

Elle l'embrassa pour lui souhaiter bonne chance.

— Ne le suis-je pas toujours ?

Il lui sourit, histoire de la réconforter.

Puis il se tourna vers la mine.

Max glissa les jambes dans le trou et enfonça le bout de ses pieds dans la terre. Il resta ainsi un instant, le temps que ses pouvoirs extraterrestres manipulent la structure moléculaire du sable autour de ses chaussures et le transforment en deux rebords solides. Puis, en appui sur les pieds, il fit passer ses mains et en créa encore deux autres.

Lentement, il descendit dans le puits de mine, répétant l'opération autant de fois que nécessaire.

Il veilla à créer des prises assez rapprochées. Jason allait devoir les utiliser pour remonter, et il était plus petit que lui.

Le soleil étant de plus en plus haut, ses rayons tombaient à la verticale dans le trou. Mais Max ne pouvait toujours pas distinguer Jason, même si ses yeux s'habituaient à l'obscurité. Il descendit encore. Soudain, il crut apercevoir une silhouette.

— Jason, parle-moi, pour que je sache où tu es.

— Tu y es presque, répondit le gamin. Moi, je te vois. Tu as l'air de Spider-Man, accroché comme ça à la paroi.

Max trouva la comparaison flatteuse, étant donné les lectures de Jason. Par le passé, il lui était souvent arrivé de comparer ses pouvoirs extraterrestres avec ceux des superhéros des bandes dessinées. En réalité, quand il était plus jeune – à l'époque où ses pouvoirs avaient commencé à se développer –, il avait pensé en être un lui-même. Il avait même fait quelques croquis pour son futur costume. Il pensait qu'un extraterrestre envoyé sur Terre, où il utilisait des pouvoirs hors du commun, était l'archétype du super-héros.

— Je serai près de toi dans quelques minutes, dit Max d'un ton rassurant. Tu seras bientôt rentré chez toi, sain et sauf.

— Non.

Max s'arrêta, s'accrochant au mur.

— Comment ça, non ?

— Je ne veux pas rentrer à la maison…

Se rappelant la trace bien visible qui les avait conduits jusque-là, Max ne tomba pas dans le panneau.

— Je ne crois pas que ce soit la vérité.

— J'ai fichu ma bécane en l'air. George va me tuer.

Max continua sa descente, et vit enfin Jason, assis sur un enchevêtrement de poutres à l'aspect peu solide. Il fut heureux de constater que le gamin n'était pas un imbécile : il avait mis son casque et ses protections avant de filer dans le désert.

— Je suis sûr qu'il sera content que tu t'en sois sorti indemne, dit-il.

— Tu ne le connais pas.

Max étudia la situation, essayant de déterminer le meilleur moyen de tirer Jason de sa mauvaise posture. Le gamin était à un peu moins d'un mètre cinquante de lui, mais entre eux, il n'y avait que le vide.

— Nous en reparlerons plus tard, quand tu seras ressorti de ce trou.

Jason ne répondit pas.

— Comment t'es-tu débrouillé pour rester sur cette poutre ?

— Il y en avait beaucoup plus – jusqu'à l'endroit où tu es en ce moment. Ma bécane a atterri dessus, et j'ai tout de suite compris qu'elles ne tiendraient pas le coup. Alors je suis descendu et je l'ai poussée en bas. Une belle chute, tu peux me croire.

Observant les poutres restantes, qui ployaient sous le poids pourtant léger de Jason, Max comprit qu'elles non plus ne tiendraient plus le coup très longtemps. Et il sut également qu'elles ne supporteraient jamais le sien. Il allait falloir que Jason le rejoigne près de la paroi.

— Bon, je vais longer la paroi sur deux ou trois mètres, annonça Max.

Il libéra sa main droite pour montrer le point d'intersection qu'il visait.

— Reste où tu es jusqu'à ce que je te dise d'avancer vers moi.

— D'accord, répondit Jason.

Au lieu de replacer sa main dans la prise qu'elle venait de lâcher, Max tendit le bras pour en créer une autre. Puis il fit la même chose avec sa jambe droite. Enfin, il ramena sa main et son pied gauches. La poutre n'était plus qu'à deux mètres. Ecartant sa main droite de la paroi, Max répéta l'opération. Mais au lieu de créer un point d'appui, le sable commença à s'effriter.

Prenant appui de tout son poids sur sa main et son pied gauches, Max réussit à ne pas lâcher prise. Mais la paroi se désagrégeait toujours. Concentrant ses pouvoirs dans ses mains, il essaya de faire cesser l'éboulement. Mais il ne réussit pas à l'arrêter.

Max et Jason suivirent tous deux l'avalanche de terre, les yeux ronds. Elle se rapprochait dangereusement du point d'intersection entre la poutre et la paroi.

— Tiens bon, Jason ! cria Max, revenant sur ses pas pour reprendre sa position initiale.

Allongé sur le ventre, le gamin s'accrochait à la poutre de toutes ses forces.

La paroi se détériorait à une vitesse alarmante.

Le bout de la poutre commença à glisser.

Max tendit la main, visant un point quelques centimètres en dessous, prêt à générer un champ de forces. Bien sûr, il espérait ne pas avoir à le faire devant Jason… Mais il savait que révéler ses pouvoirs au gamin était préférable à le voir plonger vers une mort certaine.

Une des poutres, derrière Jason, se détacha et tomba. Max tendit l'oreille et l'entendit atterrir. Il fut bien obligé d'être d'accord avec le jeune garçon : c'était une belle chute.

Par bonheur, la paroi cessa de s'effriter, et la poutre de Jason arrêta de glisser. Max resta où il était, craignant d'aller vers la gauche ou vers la droite. Au moins, il savait que la partie du mur à laquelle il était accroché était stable. Il y avait veillé en descendant, utilisant sur elle ses pouvoirs et manipulant sa structure moléculaire. Mais il craignait de toucher à la terre meuble, de peur de provoquer un nouveau glissement.

— D'accord, nous allons nous rabattre sur le plan B.

Max tendit le bras pour juger de la distance entre Jason et lui.

— Je ne vais pas l'aimer, hein ?

— Tout ira bien.

Avant de continuer, Max marqua une pause, histoire de se convaincre que le plan B avait des chances de réussir. Il comprit alors qu'ils n'avaient pas d'autre option.

— Il va falloir que tu sautes jusqu'à moi.

— Tu es dingue ou quoi ?

Max s'efforça de parler d'une voix calme, même s'il tremblait de la tête aux pieds à l'idée de ce qu'ils allaient faire.

— Tu n'auras pas à sauter plus de soixante centimètres. Tout va bien se passer.

Ce n'était pas l'entière vérité. Son corps commençait à se ressentir de la descente. Mais il savait qu'il devait continuer, pour le bien de Jason et le sien.

Jason regarda en bas. Bien que Max sût qu'il ne pouvait pas voir le fond, ils étaient tous deux conscients de la distance approximative qui les en séparait, grâce au temps qu'avait mis la poutre avant de l'atteindre. Quand Jason releva la tête, Max lut de la peur dans son regard.

— Je n'y arriverai pas, dit le gamin, toujours accroché avec les bras et les jambes.

Comme si elle avait décidé d'aider Max à le convaincre, la poutre glissa de quelques centimètres.

— Il le faut, dit Max, toujours d'une voix très calme. Fais-moi confiance.

Jason regarda le jeune homme qu'il connaissait à peine.

Max croisa son regard, essayant de paraître à la fois sûr de lui et calme.

— D'accord, décida Jason. Je vais le faire.

Max soupira de soulagement.

— Bien. D'abord, tu vas te relever lentement.

Jason obéit, en équilibre sur la poutre instable.

— Très bien, dit Max. Quand tu sauteras vers moi, tu devras prendre appel sur la poutre. Autrement dit, tu vas exercer une pression sur elle.

— Et elle va dégringoler, ajouta Jason d'une voix tremblante.

— Oui. Il va donc falloir que tu fasses vite. Pas d'hésitation. Pas de retour en arrière.

— Je peux y arriver, répéta fermement Jason, essayant visiblement de s'en convaincre.

Max entendait toujours de la peur dans sa voix, mais il savait aussi qu'il était prêt.

Le jeune homme écarta sa main et son pied droits de la paroi et se pencha sur la gauche, pour faire de la place à Jason.

— Bon. Maintenant, je veux que tu te jettes contre moi. Je te réceptionnerai.

— Je ne peux pas plutôt attraper ta main ?

Max avait considéré cette option, et il craignait, même si Jason parvenait à s'accrocher au mur, que sa petite main ne glisse de la sienne.

— Non. Mon plan est beaucoup plus facile.

Jason n'avait pas l'air très sûr de lui, mais il était déterminé.

— A trois, dit le jeune homme, se préparant à l'impact du petit corps contre le sien. Un… deux… trois !

Jason sauta de la poutre.

Qui se descella du mur.

Le corps du gamin percuta celui de Max.

Il enroula son bras droit autour de Jason.

La poutre s'écrasa des mètres plus bas.

Jason était protégé par le corps de Max, et pressé contre la paroi.

Les deux garçons respiraient difficilement, et ils s'accrochaient à la paroi comme à une bouée de sauvetage. Puis ils s'aperçurent qu'ils étaient sains et saufs, qu'ils avaient réussi, et ils éclatèrent d'un rire nerveux, incontrôlable.

— Max ! Jason ! Tout va bien ? cria Liz, qui avait dû entendre la chute de la poutre.

— Oui ! répondit Max, quand il put enfin s'arrêter de rire.

Il baissa les yeux sur Jason, pour s'assurer qu'il allait bien. Le gamin tremblait et sa respiration était haletante, mais il était sain et sauf.

— Il est temps de jouer à Spider-Man, dit Max, l'air soulagé. Le plus dur est fait. Sortons d'ici.

Toujours protégé d'une éventuelle chute par le corps du jeune homme, Jason se tourna vers le mur. Max lui donna quelques instructions, afin qu'il sache comment placer ses mains et ses pieds dans les prises qu'il avait créées en descendant. Il espéra que le gamin croirait qu'elles étaient là depuis toujours.

Si Jason trouva étrange que les prises soient régulièrement espacées, il ne posa aucune question pendant l'ascension de dix mètres qui les ramena à la surface.

— Je ne sais pas si je dois te serrer dans mes bras ou te donner une fessée, dit Liz en voyant apparaître la tête de Jason.

— Je crois qu'il a été assez puni, répondit Max en se hissant hors du trou.

Dès que Jason fut de retour sur la terre ferme, Liz l'étreignit de toutes ses forces. Le gamin tressaillit et elle le relâcha aussitôt.

— Tu vas bien ? demanda-t-elle, son inquiétude revenant au galop quand elle le vit se tenir l'épaule.

— Oui, répondit-il vivement.

— Laisse-moi regarder.

Elle se pencha sur lui, essayant de tirer sur le col de sa chemise, mais il se dégagea.

— Jason, tiens-toi tranquille, ordonna-t-elle.

Liz le retint fermement et réussit enfin à lui découvrir l'épaule, révélant un énorme hématome.

Alors, toutes les pièces du puzzle s'assemblèrent dans l'esprit de Max.

— Nous allons t'emmener voir un docteur, dit Liz.

— Pas la peine, assura Jason. Ça va.

— La chute pourrait avoir causé des dommages sérieux. Cet hématome n'est pas beau à voir.

Jason ne répondit pas.

— Cette marque ne vient pas de là, hein ? demanda Max.

Une question rhétorique, puisqu'il connaissait déjà la réponse.

Jason s'assit sur le sol, mais ne desserra pas les lèvres.

— Tu l'avais déjà hier soir, n'est-ce pas ? insista gentiment Max.

Liz leva vers lui un regard interrogateur, tandis qu'ils s'asseyaient de part et d'autre du petit garçon.

— Tu as sursauté quand je t'ai posé la main sur l'épaule, hier soir, lui rappela le jeune homme. J'ai cru que c'était parce que tu n'aimais pas qu'on te touche, mais je t'avais fait mal.

— C'est vrai ? demanda Liz, apparemment inquiète. Que s'est-il passé ?

— C'est George ?

Max continuait son interrogatoire, choisissant soigneusement ses mots.

Jason hocha la tête.

Liz regarda Max, craignant que la situation ne soit trop grave pour qu'ils puissent la régler. Cela dit, elle voulait vraiment aider son jeune ami.

— Depuis quand ça dure ?

Pas de réponse.

— Jason, dis quelque chose !

— S'il te plaît ! Je veux t'aider.

Max lui posa une main sur l'épaule, comme pour lui dire : *Assez !*

Liz plongea son regard dans celui de son petit ami. Il comprit qu'elle se sentait blessée et perdue. Elle devait sans doute aussi se reprocher de n'avoir pas compris plus tôt ce qui se passait. Il lui serra doucement l'épaule, compatissant.

— Pas de problème si tu ne veux pas en parler pour le moment, dit Max. Et peu importe depuis quand ça dure. Ça n'arrivera plus. Nous allons nous en assurer.

— Je te le promets, ajouta Liz.

— As-tu un médecin de famille, chez qui nous pourrions t'emmener ? demanda Max. J'aimerais m'assurer que tu ne t'es pas fait de mal en tombant.

Et m'assurer aussi que M. Lyles ne t'a pas laissé de dommages permanents, ajouta-t-il mentalement.

Jason hocha la tête.

Max se leva et aida les deux autres à se remettre debout. Alors qu'il montait sur la moto, il s'assura qu'il y avait assez de place pour que Jason s'installe derrière lui. Dès que le gamin fut assis, il se tourna vers lui.

— Les clés ?

Jason fouilla sa poche et en tira deux clés.

— Comment avez-vous… ?

Max lui fit un sourire énigmatique en lui prenant les clés. Il en jeta une à Liz et démarra avec l'autre.

Liz l'imita, et le trio repartit vers la ville.

Ni Max ni Liz ne pensèrent à vérifier la messagerie de leurs téléphones quand ils revinrent dans la zone couverte par le réseau.

CHAPITRE XV

— Bonjour, dit Kyle, tenant la porte entrouverte, pour que le visiteur ne puisse pas voir à l'intérieur.

Non qu'il y ait quoi que ce soit à cacher. Mais on ne savait jamais ce qui pouvait arriver d'étrange. Une inquiétude légitime, étant donné l'histoire de la bande. Ils ne savaient jamais quand une chose bizarre allait leur tomber dessus.

Naturellement, Jesse fut surpris de se trouver devant un étranger, mais il recouvra très vite son aplomb.

— Bonjour, je cherche... Phillip Evans. Je travaille avec lui.

— Oui, c'est vrai, répondit Kyle, essayant de gagner assez de temps pour inventer une histoire qui se tienne. Jesse, c'est ça ?

— Oui.

— Je m'appelle Kyle. (Il tendit la main à l'intrus sans lâcher le battant de l'autre.) Je suis un ami d'Isabel et de Max. Comment allez-vous ?

— Bien, répondit Jesse, essayant de regarder discrètement dans le hall. Phillip est à la maison ?

— En fait, non.

Enfin une question facile.

— Mme Evans et lui sont partis ce matin pour Santa Fe.

— Oui, c'est vrai ! J'avais oublié. Ils sont allés à un festival artistique.

— C'est ça, répondit Kyle, espérant que cette information ferait partir le visiteur. Je peux prendre un message, si vous voulez. Ils l'auront dès leur retour.

— Je voulais seulement m'entretenir avec lui d'une affaire sur laquelle nous travaillons, mentit l'avocat.

Il était vraiment inquiet que ce ne soit pas Isabel qui lui ait ouvert… Et de ne pas encore l'avoir vue.

— Vous auriez pu appeler, non ? demanda Kyle, soudain soupçonneux.

Etre le fils d'un ancien shérif et avoir été mêlé à toutes sortes de conspirations extraterrestres avaient contribué à développer l'instinct de Kyle sur les techniques d'interrogatoire. Et il aurait juré que l'avocat essayait de savoir quelque chose.

— Je passais dans le voisinage, répondit Jesse, gagné à son tour par la suspicion.

Pourquoi aucun membre de la famille Evans n'était-il venu voir qui avait sonné ? C'était d'autant plus étrange qu'Isabel attendait sa visite !

— Puisque je suis là, je pourrais peut-être saluer Isabel… et Max ?

— Max est absent, répondit l'adolescent, cherchant frénétiquement une excuse. Quant à Isabel… elle est un peu souffrante.

Jesse s'inquiéta sérieusement, cette fois, se souvenant qu'Isabel avait annulé leur rendez-vous pour veiller sur une amie malade. Ignorant qu'il parlait justement à « celle »-ci, il ne mentionna pas la chose. Après tout, la jeune fille et lui n'étaient pas censés bien se connaître.

— J'espère que ce n'est pas grave.

— Non, pas trop, mentit Kyle.

— Puis-je la voir ? Pour lui souhaiter un prompt rétablissement ? demanda Jesse en approchant du seuil.

Kyle ne lui céda pas le passage.

— En fait, pour le moment, elle dort. Et elle a précisé qu'elle ne voulait pas être dérangée.

— Par personne ?

Jesse faillit se trahir, tant il était étonné. Pourquoi Isabel ne l'avait-elle pas appelé pour lui dire de ne pas venir ? Et si elle voulait quand même le voir, pourquoi n'avait-elle pas prévenu son ami qu'il pouvait passer ?

— Ouais, c'est ça, affirma Kyle, de plus en plus soupçonneux. Si vous n'y voyez pas d'inconvénient, il faut que j'y retourne, au cas où elle se réveillerait.

— Vous êtes sûr que ce n'est pas grave ? demanda Jesse.

— Sûr et certain, répondit l'adolescent, essayant de ne pas trop broder autour de son mensonge. Nous avons fait venir leur médecin de famille et il lui a conseillé de prendre du repos.

— Bon, fit l'avocat, plus ou moins rassuré. Quand elle se réveillera, dites-lui que je suis passé… et que je la salue.

— Je n'y manquerai pas.

Kyle ferma la porte avant que Jesse n'ait pu ajouter quoi que ce soit. Il allait devoir répéter son mensonge en détail à Isabel, dès qu'elle se réveillerait, au cas où l'avocat la croiserait et lui poserait des questions.

C'est le problème, avec les mensonges… même les plus simples demandent qu'on soigne les détails. Bien sûr, Isabel n'est pas encore réveillée…

Non, n'y pense même pas !

— Alors, qui c'était ? demanda Maria quand il revint dans la chambre.

Elle était toujours assise sur le lit, près d'Isabel, et lui tenait la main.

— Un type qui travaille pour le cabinet de M. Evans, dit Kyle. Rien d'important. Aucun changement ?

— Non… Je n'ai toujours pas réussi à joindre Max ou Liz. Et Michael est Dieu seul sait où. Tu as essayé de contacter ton père ?

— Non. Il s'est de nouveau volatilisé, ce matin, avant que je me réveille. Je ne l'ai presque pas vu, cette semaine.

— Qu'est-ce que cette ville fait aux parents ? gémit Maria. Ils ne sont jamais là quand on a besoin d'eux !

Kyle hocha la tête.

— Qu'est-ce qu'on fiche, maintenant ?

— On attend, répondit le jeune homme.

Des plans d'action germaient dans son esprit, mais rien de concret.

— Je déteste les jours où attendre est notre seule option.

Kyle se hérissa. Bien sûr, Maria n'avait pas dit ça pour le critiquer, mais ne savoir que faire l'ennuyait. Il ne pouvait pas réfléchir clairement. Son cerveau était plein d'images confuses…

Pas maintenant, pensa-t-il. *Ce n'est pas le moment d'avoir un flash.*

Ses doigts tambourinèrent sur sa cuisse, pour la première fois de la journée. Il les sentit s'enfoncer dans sa chair, et s'aperçut de ce qu'il faisait.

Tap, tap, tap. Tap, tap.

— Je crois que je vais méditer quelques instants, annonça-t-il.

Il quitta la pièce, espérant se calmer avant que les choses n'échappent à son contrôle. Ils n'avaient pas besoin d'un deuxième malade.

— Tu crois vraiment que c'est le bon moment pour te plonger volontairement dans l'inconscience ? demanda Maria, qui l'avait suivi dans le salon. Tu sais, étant donné que…

— Je ne serai pas inconscient, expliqua-t-il, espérant que son ton ne sonnerait pas condescendant aux oreilles de cette profane. La méditation me permet d'exécuter une exploration consciente de mon esprit. Ça me donnera l'occasion d'organiser mes pensées et de me purger des images inutiles.

Kyle sentait souvent que les gens l'écoutaient parler de ses croyances pour lui faire plaisir. Pour eux, tout cela était une vaste plaisanterie. Surtout pour son père. Mais il croyait que Maria, au moins, comprendrait.

— Tu veux te joindre à moi ?

— Merci, mais j'aime mon esprit désordonné tel qu'il est.

Et elle fit tomber quelques gouttes d'huile de cèdre sur sa langue.

Kyle s'assit par terre, prenant la position du lotus, les jambes croisées et repliées l'une sur l'autre. Puis il ferma les yeux et commença ses exercices de respiration, essayant d'atteindre un état de paix intérieure.

— Génial ! Quand Michael reviendra, il y aura un deuxième corps inconscient ! grommela Maria, tandis qu'elle retournait dans la chambre d'Isabel.

Alors qu'elle s'approchait du lit pour vérifier les signes vitaux de son amie, son pied buta contre quelque chose. Elle se baissa pour voir ce que c'était, et trouva un exemplaire de l'almanach du lycée. Il était fermé. Maria le ramassa et le feuilleta jusqu'à ce qu'elle tombe sur sa photo. Elle fit la grimace, l'ayant toujours trouvée horrible.

A quoi est-ce que je pensais ? se dit-elle. *Ça n'était pas un bon jour pour mes cheveux !*

Elle referma l'almanach, pour ne plus avoir à regarder la photographie offensante, et le posa sur le bureau d'Isabel, par-dessus un autre livre. Puis, n'ayant rien d'autre à faire, elle se rassit à côté de son amie et lui reprit la main.

Isabel tambourinait de toutes ses forces contre la porte, essayant de l'enfoncer. Pourtant, même si elle réussissait à sortir de la chambre, cela ne la libérerait pas de l'esprit de Kyle. Malgré le bruit qu'elle faisait, elle crut entendre quelque chose, de l'autre côté. Elle s'arrêta pour écouter, et crut entendre des voix. C'était sans doute encore des échos de Tess et d'Alex.

Au souvenir de ce qu'elle avait vu, elle frissonna.

Elle faillit hurler au secours, mais comprit très vite que c'était inutile. Il n'y avait personne, de l'autre côté de la porte. D'ailleurs, elle n'était pas non plus vraiment enfermée dans cette pièce. Elle était inquiète pour son corps, abandonné de l'autre côté de la ville.

Mon esprit pourra-t-il jamais y retourner ?

Les voix se turent, et Isabel s'écarta de la porte.

— Très bien, Kyle, dit-elle en se tournant vers le petit garçon. Soyons proactifs. Tu veux que je reste ici. Dis-moi pourquoi.

La version « six ans » de Kyle lançait une balle de baseball en l'air et la rattrapait.

— Je ne sais pas, répondit-il, sans s'interrompre.

— As-tu peur de quelque chose ?

Elle s'assit à côté de lui sur le lit. S'il fallait faire des suppositions pour parvenir à une réponse, elle voulait bien essayer.

La balle monta, puis retomba.

— C'est Tess ? insista-t-elle gentiment. As-tu peur de Tess ?

La balle monta, puis retomba.

— De quelqu'un d'autre, alors ? continua-t-elle, essayant une autre piste, sa voix commençant à trahir sa frustration. Quelqu'un t'a fait du mal ?

La balle retomba, et Kyle la manqua. Elle roula sur le sol et disparut sous la commode. Le petit garçon semblait au bord des larmes.

— Je vais la chercher, proposa Isabel. Ne pleure pas. Elle a juste roulé sous…

— Les grands garçons ne pleurent pas, dit-il d'un ton ferme.

Il avait enfin parlé ! Ignorant la balle, Isabel se concentra sur le gamin.

— Et tu es un grand garçon ?

— Oui.

— Mais parfois, les grands garçons pleurent, dit-elle. Quand ça fait vraiment très mal…

— Non.

— Pourquoi dis-tu ça ?

— Les grands garçons ne pleurent pas.

— Bon, très bien.

Isabel préféra laisser tomber. Elle ne parviendrait sans doute pas à le faire changer d'avis. Elle se baissa pour ramasser la balle, mais ne la trouva pas. Pourtant, elle pouvait toucher le mur. La balle avait disparu.

Mais en fait, elle n'avait jamais été vraiment là.

Elle pensa à dire au petit garçon que sa balle n'existait pas, mais elle estima qu'il devait déjà le savoir. C'était son monde, après tout.

Isabel se redressa et reprit sa place à côté de Kyle.

— Allons-nous rester assis ici éternellement, ou as-tu envie de faire quelque chose ?

Sans un mot, le petit garçon se leva. Puis il gagna la porte, l'ouvrit, et attendit qu'elle le rejoigne.

Intriguée, Isabel bondit sur ses pieds et approcha de la porte.

Le jeune Kyle avança et ils franchirent le seuil…

Pour se retrouver dans le poste de police.

Cette fois, il était désert. Ils empruntèrent un labyrinthe de couloirs qui n'existaient pas dans la réalité. Isabel suivit l'enfant jusqu'à la porte du bureau du shérif.

Il s'arrêta devant, attendant qu'elle le rejoigne.

Présumant que c'était son rôle d'ouvrir la porte, elle saisit le bouton et essaya de le tourner.

— C'est fermé, annonça-t-elle.

Tendant l'oreille, elle s'attendit à entendre un homme pleurer, mais il n'y avait pas un bruit.

— Qu'y a-t-il, Kyle ? Qu'essaies-tu de me dire ?

— Tu n'es pas censée entrer, répondit-il.

— Alors, pourquoi sommes-nous là ?

Isabel voulait bien essayer de reconstituer le puzzle, mais leur voyage n'était pas un modèle de pensée linéaire.

— Que suis-je supposée voir ?

Le monde changea autour d'elle, les néons devenant la vive lumière du soleil, alors que les murs se dissolvaient. Ils étaient de retour dans le désert, à l'endroit où Isabel était entrée dans le cauchemar de Kyle. Le petit garçon se laissa tomber à genoux et commença à creuser.

Les vautours – ou les busards, peu importait – volaient en cercles dans le ciel.

— Que cherchons-nous ? demanda Isabel, en se penchant pour voir ce que faisait le gamin.

— Un trésor, répondit-il.

— Quel genre de trésor ?

— Un trésor enfoui.

J'aurais dû voir venir le coup !

— Laisse-moi t'aider.

Elle creusa avec ses mains, pensant à la manucure qu'elle s'était offerte trois jours plus tôt. Mais elle pouvait griffer gaiement la terre avec ses ongles, sachant que son corps physique ne subissait aucun dommage. Et il trouverait le « trésor enfoui » bien plus vite, si elle l'aidait.

— Jusqu'où allons-nous devoir creuser ? demanda-t-elle.

— Jusqu'à ce qu'on trouve ce qu'on cherche, répondit mystérieusement le petit garçon.

Isabel sentit qu'un élément nouveau venait d'apparaître dans le rêve.

Levant les yeux un instant, elle vit un objet briller dans le lointain. Présumant que le petit Kyle ne courait aucun danger dans le monde créé par son propre esprit, elle se leva et marcha jusqu'à lui.

Alors qu'elle approchait, Isabel vit qu'il s'agissait d'un gros orbe iridescent, qui flottait à un mètre au-dessus du sol. Des couleurs transparentes jouaient à la surface de la bulle. Isabel avança plus près, et crut voir une image, à l'intérieur.

Elle était tellement concentrée sur l'orbe qu'elle ne s'aperçut pas que le jeune Kyle avait disparu, ainsi que les vautours.

Isabel mit une main en visière, pour se protéger les yeux de la lumière du soleil, et vit que la silhouette était la version adolescente de son ami. C'était Kyle, tel qu'elle le côtoyait tous les jours. Il flottait au cœur de la sphère, en position du lotus.

— Kyle ! cria-t-elle.

Elle frappa l'orbe de ses deux poings, se demandant si cette nouvelle version de son ami était là pour répondre à ses questions… A condition qu'elle puisse le rejoindre dans sa bulle.

Mais il ne se tourna pas vers elle.

Pensant qu'il ne l'entendait peut-être pas, elle contourna l'orbe.

— Kyle ! cria-t-elle, en face de lui.

Elle tambourina de nouveau sur la sphère.

Les yeux de Kyle restèrent clos.

L'orbe commença à émettre une vive lumière, remplaçant celle du soleil – qui avait lui aussi disparu. Isabel recula quand il commença à grossir. Pour la première fois, elle s'aperçut que des parties du désert disparaissaient, remplacées par des zones d'obscurité. Des bouts de terre et de ciel étaient tombés, comme des éléments de décor, ne laissant que le vide derrière eux, tandis que le lieu se réorganisait.

Ce n'est pas bon, pensa Isabel en recommençant à frapper l'orbe de ses poings. Il émit une énergie dont la puissance la fit tomber à la renverse. Une section de sable disparut sous ses mains, et Isabel faillit tomber dans le vide.

— Kyle ! hurla-t-elle en se jetant contre la sphère.

Elle redoutait ce qui arriverait si elle se retrouvait prisonnière du vide qui enveloppait le monde des rêves.

— Kyle !

Elle flanqua un coup de pied à l'orbe qui continuait de grossir.

L'obscurité se répandait autour d'elle alors que Kyle essayait de réorganiser ses pensées et de faire disparaître les images douloureuses… ignorant qu'il risquait d'infliger le même sort à Isabel. Elle dut faire quelques pas sur la gauche, pour ne pas tomber dans le vide. Au même instant, les couleurs qui parcouraient l'orbe disparurent et elle put voir Kyle beaucoup plus clairement.

Mais il avait toujours les yeux fermés.

— Kyle !

Au plus profond de sa méditation, le jeune homme entendit une voix l'appeler. Elle lui sembla familière. Utilisant les techniques qu'il avait apprises dans les livres, il s'efforça de faire le vide dans son esprit. Il écarta les images douloureuses pour se tendre vers la voix. Plus il se concentrait sur elle, moins il se sentait désorienté.

— Kyle, ouvre les yeux !

Sachant qu'il lui restait peu de temps pour agir, l'obscurité ayant presque tout englouti, Isabel plaça ses paumes contre l'orbe et se concentra. Elle n'avait aucune raison de croire que ses pouvoirs extraterrestres fonctionneraient dans le monde des rêves de Kyle, mais elle n'avait pas d'autre solution.

Cette fois, Kyle entendit Isabel. Elle essayait de l'atteindre. Elle l'appelait. Il fit de son mieux pour lui répondre.

Puisant sa force dans sa terreur, Isabel lança les mains en avant. Elle hurla le nom de Kyle, forçant l'orbe à éclater.

Une lumière aveuglante en jaillit…

CHAPITRE XVI

Michael gara la décapotable de Kyle en face de la *Quincaillerie Garrison* et passa la main sur le tableau de bord pour couper le moteur. Il vérifia que le sac qu'il avait récupéré un peu plus tôt était en sécurité sous le siège, puis il descendit de la voiture.

Craignant de laisser les précieux objets secrets sans surveillance, il plaça la paume de sa main sur la serrure et la fit fondre. Si un voleur essayait de partir avec le véhicule, il devrait casser une vitre ou découper la capote.

Espérons que les rues de Roswell grouillent de bons Samaritains et que le voleur devra laisser tomber avant qu'on en arrive là.

Michael s'éloigna de la voiture et entra dans la quincaillerie.

— Où sont les cordes ? demanda-t-il au premier employé qu'il vit.

Naturellement, c'était le *seul* employé, puisque le magasin était tenu par son propriétaire, un certain Elderly Old Man Garrison.

Le Vieux Vieux Garrison, hein, pensa Michael.

Ce surnom n'était pas une insulte, puisque l'homme le portait comme une médaille. Il préférait ce titre de Elderly Old Man à son vrai prénom, sans se soucier de la redondance.

C'était un des plus vieux habitants de Roswell. En tant que tel, il se comportait comme un authentique vieillard, histoire que les gens le traitent vraiment comme le doyen de la ville. Pour le plus grand malheur de Michael, Elderly

Old Man Garrison était d'humeur taquine et il comptait bien le rester.

— Quel genre de corde ? demanda Garrison.

— De la corde, répondit Michael, se demandant pourquoi il avait pris la peine de poser la question.

Le magasin était un des plus petits de Roswell. Il ne lui faudrait sans doute pas plus de quelques minutes pour y trouver ce qu'il cherchait.

— D'accord, mais qu'est-ce que vous voulez en faire ? fit Elderly Old Man Garrison. A chaque corde son emploi.

— Pour le moment, je pense à une pendaison, dit l'adolescent.

Elderly Old Man éclata de rire, une hilarité qui se termina par une quinte de toux sifflante. Bien sûr, il n'avait aucun problème respiratoire. Tout ça, ça faisait partie de son personnage.

Je déteste les personnages pittoresques propres aux petites villes, se dit Michael. *Pourquoi nos capsules d'incubation n'ont-elles pas atterri à New York ? Au moins, là-bas, les fous sont vraiment fous.*

Garrison se remit de sa « crise d'asthme » et continua sa rengaine.

— Pour certains emplois, il vaut mieux de la ficelle, ou du fil de pêche. Le fil de pêche, c'est parfait, parce que c'est léger et très résistant.

« Nous n'en vendons pas, mais nous avons de la ficelle…

— Ecoutez, Old Man…

— *Elderly* Old Man, mon garçon.

Le bougre ne s'était pas autant amusé depuis longtemps. Ses camarades de jeu favoris étaient les enfants, mais ils ne semblaient jamais avoir envie de lui donner la réplique.

Michael regretta de n'avoir pas emmené Maria avec lui, parce qu'elle était parfaite dans ce genre de situation.

— *Monsieur* Elderly Old Man, je suis pressé, alors, veuillez m'indiquer où je peux trouver de la corde. Sinon, j'irai ailleurs.

N'étant pas du genre à faire passer son plaisir avant le profit, Garrison capitula.

— Aile 3, mon garçon. Faites-moi savoir si vous avez besoin d'aide.

— D'accord, répondit Michael.

Bien sûr, il n'avait pas la moindre intention de tenir parole, même s'il devait grimper lui-même à l'échelle pour trouver ce qu'il cherchait.

Longeant l'Aile 3, Michael y trouva un assortiment de cordes.

Heureusement que j'ai arrêté le vieux bonhomme, se dit-il, *ou on y aurait passé la journée.*

Prenant un rouleau de quinze mètres de corde de deux centimètres de diamètre sur l'étagère, il retourna devant le comptoir pour payer son achat. Il avait déjà perdu assez de temps en allant récupérer les premiers objets qui figuraient sur sa liste, et il entendait déjà Maria se plaindre qu'il avait disparu pendant une éternité. Non, il n'avait pas envie d'être retardé davantage.

Pour une fois, ce n'était pas sa faute.

Si Kyle pensait à mettre de l'essence dans sa voiture, une fois de temps en temps…

Michael avait envisagé de rouler à sec. Grâce à ses pouvoirs, il aurait pu le faire. Mais le moteur aurait souffert.

Finalement, il s'était servi de ses pouvoirs pour atteindre une station-service, où il avait fait le plein.

Heureusement, il n'avait plus qu'un arrêt sur sa liste avant de retourner chez les Evans. Mais avant, il devrait tenir un second round contre Elderly Old Man Garrison.

— Vous avez trouvé la corde que vous cherchiez ? demanda le quincaillier quand le jeune homme posa le rouleau sur le comptoir.

Comme si ça ne semblait pas évident…

— Ouais, répondit Michael, décidant de se montrer poli et succinct.

Apparemment, quand il était question d'argent, Elderly Old Man était tout aussi content de mener promptement la transaction. Michael paya, et se dépêcha de sortir du magasin.

— A bientôt, dit le quincaillier dans son dos, agitant la main.

Ignorant les efforts du vieil homme, Michael continua son chemin. Il gagna à pied une boutique appelée *Trésors de Poteries*. La vitrine était pleine de bibelots et de ramasse-poussière – il n'arrivait pas à imaginer que des gens puissent vouloir acheter ces *trucs*. Pour être tout à fait franc, il n'aurait jamais pensé mettre un jour les pieds dans cette boutique. Mais pour la bonne cause, il avait fait des choses plus étranges, ces derniers temps.

Se préparant mentalement à l'odeur de parfum et au son des carillons éoliens, Michael entra dans la boutique de curiosités.

Les choses que je fais pour mes amis…

Sa dernière pensée avant que le kitsch le submerge.

Si Michael avait hésité quelques secondes de plus avant d'entrer dans la boutique, il aurait croisé Jim Valenti, qui sortait du *Moby Disc*, le magasin de musique attenant. L'ancien shérif portait un sac plein de partitions sous un bras, et une guitare sous l'autre. Il fredonnait toujours le même air, qui lui trottait dans la tête depuis la veille.

Il posa ses achats dans sa voiture, vérifia que les précédents étaient toujours sur le siège avant et démarra. Valenti traversa la ville, passant devant la maison des Evans, inconscient du drame qui s'y jouait – avec pour principaux interprètes son fils et ses amis. Quelques pâtés de maisons plus loin, il se gara devant une résidence. La porte du garage était grande ouverte.

Alors qu'il descendait de son véhicule, Valenti entendit une musique familière. Si c'était l'air qu'il fredonnait depuis la veille, il ne s'agissait pas d'une coïncidence.

Bien, ils ont commencé sans moi, pensa-t-il en sortant les sacs de partitions et la guitare neuve.

La porte du garage étant grande ouverte, le groupe le vit arriver, et s'arrêta de jouer. Les trois membres restants des Whits se regardèrent, à la fois nerveux et impatients.

— Désolé d'être en retard, les amis, dit Valenti en

entrant dans le garage. Je suis allé à Hondo à la première heure, ce matin, pour récupérer des partitions que j'avais commandées. J'ai là quelques petits bijoux du rockabilly.

Il désigna du menton un des sacs qu'il portait.

— Du rockabilly ? fit Chris, le batteur, d'un ton sceptique.

— On est un groupe de musique alternative, ajouta Marcus, qui jouait de la guitare rythmique. C'est un son plus jeune.

— Je sais, je sais, assura Valenti. Mais il faut absolument que vous essayiez ces chansons. Je vous le promets : elles sont faites pour nous.

Chris et Marcus se tournèrent vers Mickey, le suppliant silencieusement d'avoir la conversation prévue avec l'ancien shérif.

Formé au travail d'enquêteur, Jim surprit l'échange de regards et rassembla les pièces du puzzle.

Ce n'était pas une affaire difficile à résoudre.

— Qu'y a-t-il, Mickey ? demanda-t-il.

— Vous pouvez nous laisser quelques secondes ? demanda le guitariste à ses amis.

Sans un mot, les deux autres membres du groupe quittèrent le garage.

— Laisse-moi deviner, dit Valenti à l'adolescent à qui revenait un rôle ingrat. Ça ne fonctionne pas, c'est ça ?

— Ecoutez, shérif…

— Jim, corrigea Valenti. Je ne suis plus shérif depuis cinq mois.

Mais Mickey n'était pas suffisamment à l'aise pour l'appeler par son prénom.

— Monsieur Valenti, les gars et moi, nous nous sommes bien amusés, ces derniers jours. Je veux dire, toute cette musique, c'était du délire.

— Mais créer un groupe avec quelqu'un de mon âge ne fait pas partie de vos plans, acheva Valenti.

Il préférait épargner à l'adolescent l'embarras d'avoir à le dire.

— Ce n'est pas ça ! lança Mickey.

Il se laissa tomber sur le canapé défoncé que ses parents avaient relégué dans le garage pour lui. Un gros nuage de poussière monta des coussins.

— Ce groupe, ça n'était pas notre idée. Vous voyez, c'était celle d'Alex. C'est lui qui dirigeait les Whits.

— Je sais, dit Jim, pensant à l'adolescent mort trop jeune. C'était la seule partie de sa vie où il sortait de sa coquille.

— Sans lui, il n'y aurait jamais eu de groupe. Quand vous êtes venu nous parler, pendant la fête donnée en sa mémoire, nous étions tous excités d'avoir une chance de continuer. Mais…

— … aujourd'hui, l'excitation est retombée, dit-il. Et ce n'est plus pareil.

— Plus vraiment, admit Mickey. Ça n'a rien à voir avec vous. C'est simplement qu'aucun de nous n'a plus vraiment envie de continuer. Nous allons entrer en terminale, et après ça, la fac…

— Je comprends. Et il faut que je te dise, Mickey, un homme doit savoir ce qu'il veut faire de sa vie et ne pas avoir peur de le clamer.

— Merci, monsieur, répondit l'adolescent en se relevant du canapé.

— S'il te plaît, oublie le « monsieur ».

— D'accord… Jim, dit Mickey, en lui tendant la main. Kyle a beaucoup de chance d'avoir un père aussi compréhensif que vous.

— Merci…

Ce compliment alla droit au cœur de Valenti.

— Puisqu'on parle de Kyle… pourriez-vous éviter de l'informer de ce que nous avons fait cette semaine ? Je crois qu'il serait gêné de savoir que son père a passé du temps avec certains de ses camarades de classe.

— Ce sera notre secret.

— On se verra à l'occasion, dit Valenti en ramassant sa guitare.

Il sortit du garage et dit au revoir aux deux autres membres du groupe avant de remonter dans sa voiture. Debout sous le porche, les deux adolescents agitèrent la main en souriant.

Il y a de bons gamins, à Roswell.

Valenti ne mit pas tout de suite le contact. Chanter avec le groupe d'Alex était la première bonne chose qui lui soit arrivée depuis des mois, et ça lui manquerait. Il était sympa de faire une parenthèse, de décrocher un peu des responsabilités inhérentes à ses activités « extraterrestres ». Oh, il comprenait le choix des adolescents. Mais cela ne signifiait pas qu'il doive renoncer.

Alors qu'il démarrait, l'esprit de Valenti tournait toujours à plein régime. Regardant sur le siège du passager, il vit toutes les partitions qu'il avait passé la matinée à réunir.

Ce serait un gâchis de ne pas les utiliser, se dit-il en s'éloignant du trottoir. *Il est peut-être temps que je commence à faire des choses avec des gens de mon âge. J'ai tendance à passer tout mon temps avec des amis qui sont assez jeunes pour être mes enfants.*

Valenti tourna et retourna cette idée dans sa tête pendant le trajet. Jadis, la musique avait été très importante pour lui. En réalité, il y avait même eu un temps, au lycée, où elle était plus importante pour lui que tout le reste. Plus importante même que d'entrer dans la police. Maintenant qu'il n'était plus shérif, il était temps de laisser une deuxième chance à la musique. Tout ce qu'il fallait, c'était qu'il crée un groupe… et qu'il lui trouve un nom qui sonne bien.

Se sentant plus motivé que jamais depuis qu'il avait perdu son emploi, Valenti commença à échafauder un plan. Il pensa à quelques types avec qui il pouvait entrer en contact. Et aux bars qui donnaient aux talents locaux l'occasion de se produire. Mais le plus important était de trouver un endroit où répéter. Il ne pourrait pas faire cela chez lui. Mieux valait ne rien dire à Kyle avant d'avoir eu des résultats.

Ainsi naquirent Les Kit-Shickers.

CHAPITRE XVII

Liz passa en revue les magazines posés sur la table basse, dans la salle d'attente du docteur. Il n'y en avait pas un seul de moins d'un an. Dommage. Elle aurait bien aimé se distraire pendant que le médecin examinait Jason.

Il va bien. Ce n'est qu'un petit hématome, se dit-elle.

Mais elle ne pouvait s'empêcher de penser à la blessure infiniment plus grave qu'il portait en lui, et que personne ne pouvait voir.

Elle aurait dû comprendre que les changements survenus chez Jason étaient provoqués par quelque chose de sérieux. Ne l'avait-il pas complètement tenue à l'écart de sa vie ? Pour un adolescent, il était normal de mettre une certaine distance entre ses parents et lui. Cela faisait partie du processus qui faisait de lui un adulte indépendant.

Mais se couper d'un ami proche était souvent le signe que quelque chose n'allait pas.

Liz s'en voulait. Son monde était sens dessus dessous depuis que Max y avait fait irruption en la sauvant, le jour de la fusillade, au *Crashdown*. D'une certaine manière, il était compréhensible qu'elle n'ait pas su déchiffrer les signes. Mais elle aurait pu être plus présente dans la vie de Jason. Après tout, Artesia n'était qu'à une heure de route de Roswell, et elle avait le permis depuis des mois.

Le véritable coupable était bien sûr George Lyles. Et elle allait prendre le temps de régler cette situation.

Frustrée, la jeune fille laissa retomber les deux magazines qu'elle avait sélectionnés et s'empara d'un hebdomadaire pour enfants. Elle y trouva un test de mémoire, et s'amusa à le faire, ravie de pouvoir résoudre si facilement des énigmes, pour une fois.

— Ce n'est pas le premier hématome de ce genre que je remarque sur toi, fit le docteur Sellers à Jason, tandis qu'il examinait son épaule.

Comme à son habitude, le gamin ne dit rien. Assis sur la table d'examen, il se contenta de regarder ses pieds. Max l'avait vu se fermer comme une huître à l'instant où ils entraient dans le cabinet médical.

— C'est un garçon très actif, mentit-il, ignorant ce qu'il pouvait dire devant le praticien.

Ils avaient eu de la chance de trouver le médecin des Lyles chez lui un samedi. Le vieil homme avait été assez gentil pour leur ouvrir son cabinet, attenant à son domicile, afin d'examiner Jason. Liz et Max lui avaient expliqué qu'il était tombé de sa moto au cours d'une fugue dans le désert. Il valait mieux être honnête : le docteur Sellers aurait pu se demander pourquoi les deux adolescents l'avaient laissé partir seul sur un engin dangereux.

— Excusez-moi. Rappelez-moi comment vous avez connu Jason ? demanda le médecin à Max.

Il semblait sincèrement inquiet pour la sécurité du garçon. Max apprécia son attitude protectrice.

— C'est mon ami, dit Jason.

Les premières paroles gentilles qu'il adressait à Max depuis qu'ils s'étaient rencontrés… à travers la porte de sa chambre.

— Liz et lui ont grandi ensemble, ajouta l'adolescent. A Roswell.

— Bien, dit le docteur Sellers – en réponse à cette explication et pour annoncer qu'il avait terminé son examen. Tu peux remettre ta chemise, mon garçon. Tout me semble en état de marche, mais j'aimerais que tu passes lundi avec ta mère, pour faire une radio.

Jason hocha la tête.

— Nous nous assurerons qu'il reviendra vous voir, dit Max.

— Parfait, répondit le médecin. Jason, ça t'ennuierait que je m'entretienne un peu avec ton ami Max ?

Max se tourna vers Jason, pour voir si l'adolescent était d'accord.

— Va retrouver Liz, dit-il, alors que le gamin sautait de la table d'examen. J'en ai pour une minute.

— D'accord.

Jason quitta la pièce.

Dès qu'il fut hors de portée de voix, le docteur Sellers se tourna vers Max.

— J'ignore à quel point vous êtes proches, mais Jason semble vous faire confiance.

— Je l'espère.

— Jason ne fait plus confiance à personne depuis un certain temps, déjà...

Max fut étonné que le praticien connaisse si bien son patient.

— C'est une petite ville... Les gens viennent me voir pour des problèmes médicaux et ils s'ouvrent à moi de toutes sortes de choses. Sa mère est une femme bien.

— En effet, dit Max. Je sais que Liz et elle sont très proches.

— Comme je l'ai dit, j'ai déjà remarqué des hématomes similaires sur Jason, continua le médecin. Mais je n'avais jamais fait le rapprochement...

— Nous nous occupons de tout, lui assura l'adolescent. Jason s'est confié à nous. Nous allons en parler avec sa mère dès son retour.

— Je suis content d'entendre ça. C'est un bon garçon. Vous avez bien fait de me l'amener.

Cette remarque fit plaisir à Max. Le premier signe qu'il faisait ce qu'il fallait pour l'enfant placé sous sa garde.

— Merci.

— Prenez ma carte. Appelez-moi, quoi qu'il arrive.

— D'accord.

Max lui serra la main.

Il retrouva Liz et Jason dans la salle d'attente. Pour la

première fois du week-end, ils contrôlaient la situation. Ils avaient résolu l'énigme du comportement de Jason et ils régleraient le plus gros problème dès le retour de ses parents. De plus, ils avaient désormais un adulte de leur côté, et c'était un médecin.

Max commençait à croire que tout allait bien se passer.

— Jason a dit que tout était en ordre, dit Liz, attendant confirmation, tandis qu'ils regagnaient l'endroit où ils avaient garé les motos.

Ils étaient si inquiets pour Jason qu'ils n'avaient pas pris le temps de passer au ranch pour prendre la voiture de Max.

— Oui, il semblerait, répondit Max. Le docteur Sellers veut qu'il vienne passer une radio lundi.

Ils virent tous les deux la réaction mitigée de Jason, tandis qu'il grimpait derrière Max.

— Je l'accompagnerai, décida Liz. Je peux rester jusqu'à lundi.

— Tu es sûre ? demanda le garçon.

— Je resterai avec toi aussi longtemps que tu auras besoin de moi.

Ils rentrèrent au ranch en moto, veillant à rester sur la route, afin de ne pas risquer d'avoir de nouvelles mésaventures. Max n'était pas très sûr qu'il était permis de rouler dans les rues avec des engins pareils, mais il s'en fichait. Le trajet entre le cabinet du docteur et la maison ne leur prit que quelques minutes.

Ils se garèrent dans le garage. Après avoir accroché les deux jeux de clés restants, ils rentrèrent.

A peine passé la porte, le trio se sépara. Jason monta se changer, car ses vêtements étaient déchirés et sales.

Ceux de Max étaient un peu poussiéreux, mais il décida de manger avant d'y remédier. Des trois, il était le seul à n'avoir pas eu de petit déjeuner avant de quitter la maison. Il n'avait pas non plus pris de douche, mais ça attendrait que son estomac ait cessé de grommeler.

Il gagna la cuisine, laissant le soin à Liz d'écouter le répondeur, au cas où les parents de Jason auraient appelé pendant leur absence.

Alors qu'il fouillait dans les placards, à la recherche de quelque chose pour apaiser sa faim, Max découvrit une bouteille de Tabasco. Bien, il ne lui restait plus qu'à trouver un truc à arroser avec. Dans l'élément suivant, il mit la main sur ce qu'il cherchait : une barre hypersucrée. Il y versa une généreuse rasade de sauce pimentée, pour obtenir le mélange parfait d'épicé et de sucré, et mordit dedans à pleines dents.

Il n'avait pas avalé une bouchée quand Liz l'appela.

— Que se passe-t-il ? demanda-t-il en la rejoignant dans le salon, sa barre à la main.

— Ecoute ça, répondit-elle, appuyant sur « marche ».

Le répondeur téléphonique annonça qu'il y avait quatre messages, et après une courte pause, la voix de Maria se fit entendre.

— Liz, Max. Où êtes-vous passés ? Il faut que vous rentriez en vitesse. Quelque chose ne va pas avec Isabel. Elle est malade. Nous pensons que c'est une grippe tchécoslovaque. Dépêchez-vous !

Max blêmit.

Une goutte de Tabasco tomba sur la moquette beige.

« Tchécoslovaque » était le mot de code utilisé par Liz et Maria pour parler de tout ce qui était extraterrestre. Quelque chose de grave était arrivé à sa sœur…

— Les trois autres messages sont aussi de Maria, dit Liz.

Elle arrêta le défilement de la bande. Il valait mieux que son petit ami n'entende pas le désespoir qui faisait vibrer la voix de Maria.

— Elle dit qu'elle est chez toi. Appelle-la, pendant que je vais chercher Jason.

— Nous ne pouvons pas l'emmener à Roswell ! lança Max en prenant le téléphone qu'elle lui tendait.

— Nous ne pouvons pas le laisser seul, c'est évident, dit Liz. Et je refuse de rester ici si quelque chose de grave est arrivé à ta sœur.

— Ça pourrait être dangereux, ajouta Max en composant le numéro.

— Si les choses commencent à sentir le roussi, je le déposerai chez moi, promit Liz.

Elle mit un terme à la discussion en quittant la pièce.

— Résidence Evans, répondit la voix de Maria, à l'autre bout de la ligne.

— C'est moi, dit Max. Qu'est-ce qui ne va pas ?

Maria lui décrivit la situation, ce qui ne lui prit pas beaucoup de temps, puisqu'elle ne savait pas grand-chose. Après lui avoir posé de nombreuses questions auxquelles elle ne put répondre, Max abandonna. Elle ne pouvait pas lui donner des réponses qu'elle ignorait. Il se retourna, et vit Liz et Jason, sur le seuil.

— Nous serons là dans vingt minutes, dit-il à la jeune fille.

— Mais vous êtes à soixante-dix kilomètres !

— Nous arrivons, insista-t-il, avant de raccrocher. Jason, ça te dirait d'aller à Roswell pour le week-end ?

Kyle ouvrit les yeux.

Il était brusquement sorti de sa méditation quand il avait entendu Isabel crier son nom. Courant jusqu'à la chambre à coucher, il trouva Maria, le téléphone à la main.

— Max et Liz vont arriver, annonça-t-elle.

Il était treize heures. Elle ignorait si ses amis pourraient faire davantage que Kyle et elle, mais qu'ils soient en route pour Roswell la réconfortait. Pour que Max soit là dans vingt minutes, il allait devoir violer le code de la route. Avec un peu de chance, s'il se faisait prendre, l'ancien shérif Valenti pourrait peut-être intervenir.

— Je crois qu'Isabel a essayé de me contacter, dit Kyle.

— Quoi ? Comment ?

— Pendant que je méditais, expliqua-t-il. J'étais en train de purger mon esprit quand je l'ai vue pendant un bref instant. Elle m'appelait par mon nom.

— T'a-t-elle dit comment nous pouvions l'aider ? demanda Maria.

— Non.

Kyle s'assit près de son amie inconsciente.

— Non, mais elle semblait désespérée. Je ne crois pas que nous ayons beaucoup de temps.

— Ne t'inquiète pas, dit Michael en entrant par la fenêtre.

Il laissa tomber un sac sur le sol.

Kyle bondit sur ses pieds et rejoignit Maria de l'autre côté du lit. Il regarda Michael tirer une série d'objets de son sac. Maria les reconnut immédiatement, au contraire de Kyle.

— Je me suis dit que si quelque chose pouvait nous aider, c'était bien ça, fit Michael.

Puis il leva les yeux vers Kyle et s'expliqua.

— Avant que tu ne deviennes membre de notre cercle sans cesse plus important, un Indien, Chien de Rivière, nous a donné ces choses. J'ai pris part à un de ses rituels, et ça a failli me tuer. Ces pierres viennent de notre planète d'origine. C'est elles qui m'ont sauvé.

Maria parut bouleversée par ce rappel de la nuit où elle avait failli perdre Michael. Mais elle fit de son mieux pour ne pas s'appesantir sur cet épisode. Le passé était le passé, et la menace qui pesait sur eux aujourd'hui était bien réelle.

— Max va arriver, dit-elle.

— Nous devons tout préparer.

Michael recommença à fouiller dans son sac magique, d'où il sortit un rouleau de corde, qu'il tendit à Maria.

— Coupe-moi cinq morceaux d'à peu près un mètre vingt chacun, s'il te plaît.

— D'accord, fit-elle sur un ton légèrement interrogateur. Et qu'est-ce que je fais du reste ?

— Apporte-le-moi avec les petits bouts.

— Compris.

Elle sortit de la pièce pour faire ce qu'il lui avait demandé.

— Kyle, j'ai besoin de ton aide, dit Michael, s'approchant du lit.

Il fit signe à son ami de prendre place de l'autre côté et attrapa la tête de lit. Ensemble, ils le tirèrent sur un peu moins d'un mètre, pour le placer approximativement au centre de la pièce.

— Maria ! appela Michael.

— J'ai presque fini ! répondit-elle.

La tension monta tandis qu'il attendait le retour de sa petite amie. Kyle n'était pas assez fou pour parler quand Michael était de cette humeur.

— Qu'allons-nous faire, au juste ? demanda Maria en revenant dans la chambre.

— Créer une roue de guérison, répondit Michel en lui prenant la corde des mains, lui laissant les morceaux.

Faisant le tour du lit, il la posa en cercle sur le sol. Elle était un peu trop longue, les extrémités se chevauchant sur soixante centimètres au moins.

Quand il eut terminé, Michael tendit la main à Maria, qui lui remit les bouts qu'elle avait coupés avec un couteau de cuisine.

— Je n'avais pas le temps de ramasser une centaine de pierres pour reproduire le motif que Chien de Rivière a fait quand j'étais malade. Il faudra bien que ça suffise.

Il plaça les longueurs de corde, l'une après l'autre, une extrémité vers Isabel, l'autre vers le cercle.

Son plan était de recréer la roue de guérison que Chien de Rivière avait dessinée sur le sol avec des pierres, quand ses amis avaient dû le ramener de son état proche de la mort. En tendant les bouts de corde entre Isabel et le cercle, il dut tricher un peu, certains n'étant pas tout à fait assez longs. Mais il ne pensait pas que ça ait de l'importance, car le dessin n'avait probablement rien à voir avec la guérison.

Les Quatre Royaux avaient dû utiliser les pierres deux fois depuis qu'elles étaient en leur possession. Chaque fois, ç'avait été pour sauver Nasedo – et seule la première tentative avait réussi. Ils n'avaient jamais eu le temps de recréer le dessin de la roue de guérison, mais la vie d'Isabel étant en jeu, Michael refusait de prendre le moindre risque.

Il baissa les yeux sur les cinq lignes équidistantes qui reliaient Isabel au cercle de corde. Ce n'était pas esthétique, et il y avait quelques trous, ici et là, mais il ne pouvait pas faire mieux.

Michael retourna s'accroupir près de son sac et en sortit le dernier objet : le bol qu'il avait acheté dans la boutique *Trésors de Poteries*. Il était peint avec des motifs « inspirés » de l'art indien. Sans doute était-ce un attrape-nigaud pour touristes.

Ayant oublié d'enlever le prix, Michael s'empressa de tirer sur l'étiquette.

— Remplis-le d'eau claire, demanda-t-il à Kyle. Ensuite, il ne nous restera plus qu'à attendre le retour de Max et de Liz.

L'obscurité se dissipa et le désert prit sa place.

Isabel prit un moment pour se réorienter, après avoir failli perdre le contact avec la « réalité virtuelle » dont elle était prisonnière. Kyle et l'orbe mystérieux avaient disparu aussi curieusement qu'ils étaient apparus. Un bref instant elle l'avait vu avec les yeux ouverts, et elle n'avait pu manquer de remarquer son expression choquée, comme s'il ne s'attendait pas à la trouver là.

Isabel se demanda s'il s'était agi d'une simple image de Kyle, ou si ses amis essayaient de la sauver. Elle espérait que la deuxième hypothèse serait la bonne, mais elle ne pouvait s'empêcher de penser que sa famille était absente pour le week-end. Il était fort possible que personne ne sache qu'elle avait un problème avant le dimanche soir, et elle craignait que ça ne soit trop tard.

Revenant à l'endroit où ils avaient creusé, elle crut d'abord que le petit Kyle aussi avait disparu. Mais quand elle arriva près du trou, elle s'aperçut qu'il était désormais assez profond pour qu'il disparaisse dedans. Isabel sentit qu'ils ne trouveraient jamais ce qu'ils cherchaient avant que le subconscient de Kyle ne le leur permette. Et elle ne voyait pas ça arriver avant très longtemps.

— Tu as arrêté de creuser, accusa le petit garçon quand elle se tourna vers lui.

— Tu as l'intention de nous faire creuser éternellement ?

Il prit l'air coupable.

— Kyle, je suis venue ici pour t'aider, mais tu ne me

laisses pas faire, dit-elle gentiment. Si tu insistes pour me garder ici, il faudra que tu me donnes plus de détails.

Les deux busards – ou vautours – recommencèrent à décrire des cercles au-dessus de leurs têtes. Etrangement, Isabel interpréta ça comme un bon signe. Une route apparut, coupant le désert – ainsi qu'une voiture, garée sur le bas-côté. On aurait cru un modèle des années quatre-vingt – mais Isabel n'en était pas sûre.

Des rires retentirent.

Génial ! Encore des images. Et je n'ai pas mon livre d'analyse des rêves. Oh, au moins, il se passe quelque chose.

Les oiseaux semblaient communiquer. Leurs croassements résonnèrent d'abord comme des cris joyeux, puis comme des rugissements furieux. Le ton monta tellement qu'Isabel dut faire un effort pour entendre ses propres pensées.

Les rires cessèrent, ou furent noyés par les criaillements des vautours.

Kyle semblait avoir très peur.

— Tout va bien, dit Isabel pour le réconforter. Je suis là.

— Mais tu t'en iras.

— Je quitterai ton esprit, répondit-elle, ne voulant pas lui mentir. Mais je promets de ne jamais t'abandonner.

A cet instant, les oiseaux s'attaquèrent.

Isabel espéra qu'ils ne s'approcheraient pas d'eux.

Soudain, l'un des vautours disparut, laissant l'autre seul dans le ciel. Il vint se poser près d'Isabel et Kyle, mais ne fit pas mine de les attaquer. Il semblait avoir été blessé.

Les cris stridents des oiseaux furent remplacés par des pleurs. Le son qu'elle avait entendu derrière la porte du bureau du shérif, lors de sa première visite au poste de police. Cette fois, elle sut que c'était bien un homme, et si elle ne se trompait pas, elle savait de qui il s'agissait.

Elle regarda attentivement l'oiseau blessé.

Est-ce lui qui pleure ?

Sans avoir recours à son livre d'analyse, Isabel commençait à avoir suffisamment de pièces du puzzle pour le rassembler. Malheureusement, pendant qu'elle regardait le vautour, le petit Kyle en profita pour disparaître.

Retournant près du trou en courant, elle vit quelque chose dans le sable. Elle se laissa tomber au fond pour le dégager, et découvrit le visage d'Alex.

Il était enterré dans le désert.

Et ses yeux morts la regardaient fixement.

Elle recula, sous le choc.

Il lui fallut du temps pour se remettre de cette vision.

Les pièces commencent à s'assembler, comprit-elle, *mais que suis-je censée faire, maintenant* ?

CHAPITRE XVIII

Dès qu'il entendit Max s'arrêter dans un crissement de pneus, Michael sortit en trombe de la chambre d'Isabel. Traversant la maison en courant, il ouvrit la porte d'entrée à temps pour accueillir son ami et chef.

Ecartant son second, Max courut vers la chambre de sa sœur.

Liz suivit, essayant de calmer Jason sans pour autant lui dire ce qui se passait…

Une tâche difficile, puisqu'ils avaient pris la 285 à deux fois la vitesse autorisée.

— Qui c'est, ce gamin ? demanda Michael de son ton le plus bougon et inamical.

— Qui c'est, cet abruti ? riposta Jason.

Michael sourit.

— Il me plaît, dit-il.

Puis il alla se placer à côté de Max, sans attendre d'instructions formelles.

Ne sachant pas ce qu'ils allaient trouver dans la chambre d'Isabel, Liz demanda à Jason de rester dans le salon et de regarder la télévision ou une cassette. Se rappelant qu'il n'était plus le petit garçon qu'elle avait connu, elle évita de lui conseiller un Disney. Il savait sans doute mieux qu'elle ce qu'il aimait. Elle le laissa choisir, sachant qu'il n'y avait rien sur les étagères qui ne soit pas de son âge.

Avant de le laisser seul, elle lui demanda expressément de ne pas sortir du salon, quoi qu'il puisse entendre, car Isabel était sans doute contagieuse.

Dès qu'il lui eut donné sa parole, Liz rejoignit ses amis.

Dans la chambre d'Isabel, Max fonça vers le lit de sa sœur, sans faire attention à ses amis ou à la « nouvelle décoration ». Il lui caressa la main, puis, comme tous les autres avant lui, lui toucha le front, lui prit le pouls et vérifia la régularité de sa respiration. Bien entendu, comme ses prédécesseurs, il ne trouva rien d'anormal – sauf que sa sœur semblait dans le coma.

La main toujours sur son front, il ferma les yeux et essaya d'entrer en contact avec elle. Il espérait que ses pouvoirs de guérison seraient suffisants, mais il n'obtint aucune réponse. On eût dit que son esprit n'était pas là pour lui répondre.

A contrecœur, il retira sa main, se reprochant tout ce qui avait jamais été de travers dans leurs vies – être parti pour le week-end et même qu'ils soient coincés sur Terre. La culpabilité était son premier réflexe quand quelque chose arrivait à sa famille ou à ses amis.

« Le repos est difficile pour une tête couronnée. »

C'était une citation de la deuxième partie de la pièce de Shakespeare, *Henry IV*. Elle lui venait souvent à l'esprit dans ce genre de situations. Il n'avait jamais lu cette œuvre, mais la phrase lui était devenue familière, à force de l'entendre en cours de littérature. Depuis qu'il avait découvert qu'il était le roi de sa planète, il la comprenait mieux que jamais.

Et maintenant, je mêle un enfant à tout ce cirque !

— Que t'est-il arrivé ? demanda Maria, le tirant de ses pensées.

Elle faisait bien sûr référence à l'état de ses vêtements – il n'avait pas pris le temps de se changer.

— C'est une longue histoire, répondit Max.

Se tournant vers Michael, il l'interrogea du regard.

— Tout le monde prend place à un point du cercle, dit le jeune homme, acceptant le rôle de maître de cérémonie.

Michael tendit une pierre à chacun de ses amis tandis qu'ils passaient devant lui pour obéir à son injonction. Il garda celle de Liz, en attendant qu'elle les rejoigne.

— Rappelez-vous : toutes nos pensées doivent être tournées vers Isabel, si nous voulons la ramener.

Kyle était le seul de la bande à ne pas connaître le rituel, car il n'y avait pas participé quand Michael avait failli mourir. A l'époque, il était toujours considéré comme un « méchant » – alors qu'en réalité, il n'était qu'un simple spectateur.

— Qu'allons-nous faire, au juste ? demanda-t-il.

— Nous allons rétablir l'équilibre, fit Michael.

— Oh… D'accord.

— Autrement dit, ajouta Maria, Michael pense que quelque chose cloche au niveau de l'énergie présente dans le corps d'Isabel. Les pierres servent de focales. Nous nous concentrons sur Isabel. Alors, nous sommes emportés vers un plus haut plan d'existence, où nous la retrouvons. Et il ne nous reste qu'à la ramener.

— Un plus haut plan d'existence ? répéta Kyle, se demandant si Bouddha tolérait ce genre de chose.

— Concentre-toi sur Isabel et tout ira bien. Enfin, j'espère…

Kyle essaya d'ignorer ce dernier commentaire alors que Liz entrait dans la chambre. La jeune fille comprit aussitôt ce qui se passait et prit la place laissée libre autour de la roue de guérison.

Michael lui tendit la dernière pierre et ramassa le bol. Selon Chien de Rivière, l'eau était un élément que les humains et les extraterrestres avaient en commun. Il était donc logique de s'en servir pour les lier au cours d'un même rituel.

Michael prit une gorgée d'eau et passa le bol à Max, qui but à son tour. Puis il le tendit à Kyle, qui les imita et le donna à Liz. Le bol finit entre les mains de Maria, qui le posa sur la table de chevet. Il contenait encore un peu d'eau, et ils en auraient sûrement besoin quand Isabel reviendrait à elle.

C'était maintenant que commençaient les difficultés. Chien de Rivière leur avait appris un chant pour accompagner le rituel. Même si cette phrase avait participé à lui redonner la vie, et si elle était à jamais gravée dans son esprit, Michael n'était pas assez familiarisé avec la langue des Indiens pour en comprendre le sens… et pour connaître la prononciation exacte. Enonçant soigneusement les mots, il psalmodia, espérant que ce qu'il disait s'approchait de l'original.

— Taa-KAH-shalah Bey-ta-wa Ah-JAH…

Il fit signe aux autres de joindre leurs voix à la sienne, espérant, s'ils mettaient leur concentration commune derrière les paroles mystérieuses, que cela importerait plus que leur signification.

— Taa-KAH-shalah Bey-ta-wa Ah-JAH…

— Taa-KAH-shalah Bey-ta-wa Ah-JAH…

— Taa-KAH-shalah Bey-ta-wa Ah-JAH…

Ils psalmodièrent, chacun essayant d'atteindre Isabel séparément puis en harmonie avec les autres. Les yeux clos, ils s'efforcèrent de trouver leur amie, de restaurer l'équilibre et de la ramener.

En vain. Au lieu de distinguer Isabel, chacun ne voyait que l'obscurité sur l'écran de ses paupières.

Max s'avisa qu'il ne leur avait pas fallu si longtemps pour localiser Michael et le ramener, quand il était malade. Entrouvrant les yeux, il regarda sa sœur, et ne vit aucun changement.

— Taa-KAH-shalah Bey-ta-wa Ah-JAH… dit-il plus fort.

Il espérait que les autres prendraient exemple sur lui et augmenteraient l'intensité de leur chant. Peu lui importait que Jason puisse les entendre. La vie de sa sœur était en jeu. Alors, s'inquiéter parce qu'un gamin de douze ans risquait de découvrir leur secret était tout en bas de sa liste de priorités.

— Taa-KAH-shalah Bey-ta-wa Ah-JAH…

— Max…, dit Michael.

Il l'ignora.

— Taa-KAH-shalah Bey-ta-wa Ah-JAH… répéta-t-il, sachant qu'il était désormais le seul à psalmodier les paroles incompréhensibles.

— Max, ça ne marche pas, insista gentiment Michael.

Max sentit les autres rompre le cercle.

Rouvrant les yeux, il s'aperçut que ses amis avaient l'air résigné.

— Il faut peut-être vraiment un cercle de pierres… Je pourrais aller chercher Chien de Rivière…, proposa Michael. Il connaît les mots exacts…

— Inutile, dit Max. Ça ne marchera pas mieux.

— C'était une bonne idée, fit Liz. Il y a sûrement un tas d'autres choses qu'on peut faire.

Max l'entendit à peine, car il était déjà passé en mode « protecteur ».

— Kyle, Isabel était-elle dans cette position quand tu l'as trouvée ?

— En réalité, non, elle était assise, expliqua le jeune homme. Mais sa posture semblait très inconfortable, alors je l'ai allongée.

— A quoi ressemblait la pièce ? Quelque chose n'était pas à sa place ?

— Non, dit Kyle. Elle semblait exactement comme maintenant – sauf que le lit était contre le mur et qu'il n'y avait pas de cordes. Oh, je t'ai emprunté ta batte de base-ball. J'espère que ça ne te fait rien.

Maria lui jeta un regard intrigué.

— Et tu n'as touché à rien ? continua Max.

— Moi, j'ai touché à quelque chose, dit Maria. J'ai buté dans l'almanach du lycée, qui était à moitié caché sous le lit. Je l'ai posé sur le bureau.

Les visages de Max et de Michael s'éclairèrent aussitôt. Mais ils furent bien les seuls à comprendre la signification de cette trouvaille.

— Pourquoi ne l'as-tu pas dit plus tôt ? demanda Michael.

Avant que Maria ne puisse se défendre, Max expliqua :

— Isabel se sert de l'almanach du lycée pour rendre visite à ses camarades dans leurs rêves.

Il se pencha sur sa sœur et remarqua que ses paupières frémissaient. Max savait que cela résultait des mouvements rapides de l'œil – un phénomène qui se produisait quand une personne rêvait.

— Etait-il ouvert à une page précise ?

— Non, répondit Maria. Il était fermé.

Elle prit l'almanach et vit le titre du livre caché dessous.

— Hé, regardez ça ! Un bouquin sur l'analyse des rêves !

— Très bien, dit Max. Nous savons maintenant ce qui se passe. Il nous suffit de découvrir dans les rêves de qui elle est allée se promener…

— Inutile, déclara Kyle. Ce sont les miens.

Il leur expliqua la requête qu'il avait faite la veille à Isabel, et la raison qui l'y avait poussé. Il leur donna tous les détails sur ses cauchemars et ses troubles du sommeil.

Enfin, il leur rapporta ses conversations avec Isabel.

— Pourquoi tu n'as pas dit ça plus tôt ? fit Michael, toujours du même ton accusateur.

— Elle m'a répondu qu'elle refusait d'entrer dans mes rêves, parce que c'était trop dangereux. Il ne me serait jamais venu à l'esprit qu'elle le ferait quand même, sans en parler à personne !

— Elle a toujours eu tendance à agir toute seule, dit Max. Et je ne l'ai jamais vue hésiter à prendre des risques quand la vie d'un ami était en jeu.

— Attendez un peu ! cria Kyle. Je veux juste que ce soit clair. Etes-vous en train de dire qu'Isabel est toujours dans ma tête ?

Max acquiesça.

— Eh bien, faites-la sortir !

Espérant relâcher la tension, Maria s'approcha de lui et lui cria dans l'oreille :

— Ne t'inquiète pas, Isabel ! Nous travaillons à te sortir de là !

Cette plaisanterie n'eut pas le résultat escompté. La tension resta tout aussi forte. Seule l'oreille de Kyle tinta assez longtemps pour le distraire un instant de son souci immédiat.

— Une chose pareille lui était déjà arrivée ? demanda Liz.

— Jamais, répondit Max. Et j'ignore comment l'arrêter. Michael et moi ne pouvons pas consciemment entrer dans le subconscient des gens.

— Vous en êtes sûrs ? demanda Maria, ne voulant pas aborder un sujet sensible. Michael et Isabel ont un lien très fort. Vous savez, à cause de vos vies antérieures, avant que vous ne soyez envoyés ici.

La jeune fille mentionnait à contrecœur la relation qui avait existé entre Michael et Isabel sur leur monde d'origine. D'autant plus que les deux adolescents avaient eu des liens psychiques sous leurs formes humaines. Maria se souvenait de l'époque où Isabel croyait avoir été fécondée en rêve par Michael.

— Michael devrait peut-être essayer de l'atteindre ? proposa-t-elle.

— Non, dit Liz. Elle est dans l'esprit de Kyle. C'est sans doute le seul qui puisse communiquer avec elle.

— Je l'ai vue, un peu plus tôt, quand je méditais, dit le jeune homme. Mais dès que j'ai compris qu'elle était là, ma transe a été rompue.

— Tu dois essayer de l'atteindre par l'intermédiaire de ton esprit, dit Liz.

— Comment ? demanda Kyle. La dernière fois que j'ai vérifié, je n'étais qu'un simple mortel… Enfin, presque.

— A travers tes rêves. Il faut que tu dormes.

— Au cas où tu aurais manqué cet épisode, j'ai beaucoup de mal à dormir, depuis quelque temps. Alors comment suggères-tu que nous procédions ?

— Attendez !

Maria sautilla jusqu'à son sac et commença à fouiller dedans. Elle en tira un petit flacon, qu'elle tendit à Kyle.

— Prends ça.

Le jeune homme eut l'air sceptique.

— C'est pour aider à se détendre, expliqua-t-elle. Rien que des ingrédients cent pour cent naturels. Ne t'inquiète pas.

— Je ne sais pas… Des comprimés pour dormir ?

— Non. Ce ne sont pas des somnifères. C'est un mélange

d'herbes pour aider à la relaxation. J'en prends pendant les périodes les plus stressantes de ma vie, quand l'huile de cèdre que j'utilise d'ordinaire ne fait plus d'effet. Tu sais, comme quand nos vies sont en danger… ou la veille d'un examen.

Kyle regarda Isabel, toujours allongée sur le lit. Il se sentait terriblement coupable. Sans lui, rien de tout cela ne serait arrivé.

Mais pourquoi as-tu essayé de m'aider toute seule ?

— Tu es sûre que c'est sans danger ?

— Ma mère a vérifié, tu peux me croire, sinon elle ne me laisserait pas les prendre, répondit Maria, très sûre d'elle.

Kyle ouvrit le flacon et fit tomber une gélule au creux de sa main. Il la regarda comme si c'était un poison mortel. Le médicament bleu lui sembla inoffensif – mais Michael aussi, et il pouvait tuer d'une seule pensée.

— Tiens, avale-la avec ça, dit Maria, prenant le bol qui avait servi au rituel sur la table de chevet.

Il contenait encore quelques gorgées d'eau.

— Une journée vraiment très étrange, marmonna Kyle en avalant la gélule.

Tandis que Maria et Michael redonnaient à la chambre d'Isabel son aspect habituel, Max emmena Kyle dans sa chambre, pour qu'il puisse s'allonger. Liz les suivit, afin de fermer les rideaux et de baisser les lumières. Dès que Kyle fut confortablement installé, Michael et Maria vinrent les rejoindre.

— Tout va bien ? demanda Max.

— Je n'arrive pas à décider si le lit est trop dur, trop mou ou parfait, répondit Kyle.

— Tu es fatigué ? demanda Max. Tu crois que tu vas pouvoir t'endormir ?

— Ce serait sans doute plus facile si je n'étais pas entouré par quatre personnes dont les regards sont rivés sur moi.

Son ami comprit immédiatement.

— Je vais voir ce que fait Jason.

— Oui, on t'accompagne, dit Maria.

Ils sortirent tous de la chambre.

— Liz, ça t'ennuierait de rester ? demanda Kyle à son ancienne petite amie.

D'instinct, la jeune fille se tourna vers Max pour demander son approbation ou pour s'excuser de ses liens avec Kyle. Mais il choisit de ne pas lui retourner son regard. La vie de sa sœur était en jeu : ce n'était pas le moment de se laisser aller à une jalousie déplacée. De plus, il s'efforçait d'oublier la relation de Liz avec Kyle, comme il espérait qu'elle parviendrait à ne plus penser à sa liaison avec Tess.

Quand les autres furent sortis de la chambre, Liz s'assit près de Kyle, au bord du lit de Max, et lui prit la main. C'était une situation étrange, peu importait l'angle sous lequel on la regardait. Ils ne purent s'empêcher de sourire.

— A l'époque où nous sortions ensemble, dit-il, s'aventurant sur un terrain dangereux, tu aurais pu penser que nous en arriverions là ?

— Quoi ? Toi, allongé sur le lit de mon nouveau petit ami, pour essayer de libérer sa sœur, prisonnière de tes rêves ? J'ai toujours su que notre relation finirait le jour où je rencontrerais un extraterrestre et que je mettrais nos vies en danger.

— Oui, moi aussi, dit Kyle d'un ton ensommeillé. Je voulais juste m'assurer que nous avions toujours voulu la même chose.

— Les herbes magiques de Maria commencent à faire effet ? demanda Liz, pleine d'espoir.

Kyle dut étouffer un bâillement pour lui répondre.

— Comment suis-je supposé retrouver Isabel, une fois que je serai endormi ?

— Honnêtement, je n'en ai pas la moindre idée. On ne peut pas dire qu'on soit en terrain connu. Mais je ne vois pas ce que nous pourrions faire d'autre.

— Ça en vaut la peine ? demanda Kyle, soudain très sérieux. Je veux dire, tout ce que nous avons déjà traversé ? Tout ce que nous allons encore devoir traverser ?

Liz réfléchit à la question. Il n'y avait pas de réponse facile.

— Je l'ignore. Evidemment, à la lumière de ce qui est arrivé à Alex, je serais tentée de te répondre non. Puis je pense à Max, Michael et Isabel, traversant seuls toutes ces épreuves, sans personne vers qui se tourner quand ils ont besoin d'aide… et je suis forcée d'être heureuse que nous soyons là pour eux.

— Même si je me suis fait tirer dessus, si j'ai dû fuir le FBI et si Isabel est prisonnière de mon esprit ? demanda Kyle.

Cette fois, il ne put étouffer son bâillement.

— Oui, en dépit de tout ça, dit Liz. Nous devrions peut-être arrêter de parler, pour que tu puisses prendre un peu de repos.

— Bonne idée. Bonne nuit, Liz.

— Bonne nuit.

Liz resta avec Kyle, écoutant sa respiration devenir de plus en plus régulière. Il ne fallut pas longtemps au jeune homme pour plonger dans un sommeil qui, avec un peu de chance, serait productif. Elle attendit encore quelques minutes, pour s'assurer qu'il était profondément endormi, puis elle alla s'asseoir sur la chaise de bureau de Max. Il n'était pas question qu'elle laisse Kyle seul alors qu'il tentait cette expérience.

En esprit, elle souhaita bonne chance à son ami pour son voyage. Elle espérait qu'il réussirait à sauver Isabel, et qu'il mettrait fin à ses propres souffrances.

CHAPITRE XIX

Kyle était debout dans le salon de sa maison.

Seul.

— Isabel ? appela-t-il. Isabel, tu es là ?

Pas de réponse.

Mais il entendit les voix familières qui se disputaient… qui hurlaient…

Kyle gagna la porte de sa chambre à coucher. Il avait espéré ne plus jamais être témoin de cette scène. Cet espoir l'avait soutenu chaque fois qu'il fermait les yeux, ces dernières semaines. Hélas, s'il voulait retrouver Isabel et la libérer de son esprit, il devrait aller où le rêve l'emporterait.

Il saisit la poignée de la porte, mais ne put se résoudre à la tourner. Le métal était tiède et devenait de plus en plus chaud.

Fais-le pour Isabel !

Il ouvrit la porte sans aucune hésitation.

Cette fois, il ne vit ni Tess terrorisée ? ni Alex vaincu. Sa chambre était aussi déserte que le salon. Pourtant, en tendant l'oreille, il pouvait entendre les voix, au loin, qui s'efforçaient de ne pas crier.

Il comprit qu'elles étaient différentes, mais sans savoir *pourquoi*.

Kyle entra dans la pièce pour y chercher des indices de la présence d'Isabel. Mais il n'en trouva aucun. Il s'agenouilla sur le sol, à l'endroit où Alex était mort…

— C'est nouveau, dit la voix de la jeune fille derrière lui.

Il bondit sur ses pieds et trouva l'objet de sa mission debout sur le seuil.

— Isabel ! s'écria-t-il.

— Contente de voir que tu as grandi, dit-elle, le prenant apparemment pour une autre image du rêve – ce qu'il était, d'une certaine manière. Ça signifie que tu es prêt à discuter de la raison de ma présence ici ?

— Isabel, c'est moi, Kyle. Je suis venu pour te faire sortir.

— C'est toi qui me gardes prisonnière ici. Laisse-moi partir.

— Non, Isabel, tu ne comprends pas ! C'est moi. Kyle. Max m'a renvoyé dans mon rêve pour te retrouver et te ramener.

— Kyle. Dieu merci !

Elle l'étreignit farouchement.

— Comment sort-on d'ici ?

— Euh, c'est ça qui est drôle… Je n'en ai pas la moindre idée.

— Laisse-moi résumer la situation… Tu es venu me sauver, mais il n'y a aucun plan pour me faire sortir ?

— Sur le coup, ça semblait être une bonne idée…

Il savait à quel point ça devait paraître stupide.

— Kyle !

— Nous faisons de notre mieux ! Tu visites les rêves des gens tout le temps, mais moi, j'erre en territoire inconnu !

— Depuis combien de temps suis-je dans ton esprit ?

— Il est presque quatorze heures.

— Onze heures, souffla Isabel, sous le choc.

Kyle s'assit sur son lit et nota qu'il était bien plus confortable en rêve que dans la réalité.

— Tu t'es bien amusée ?

— Kyle, ton esprit est un endroit effrayant, répondit-elle, s'asseyant près de lui sur le lit. Mais je crois avoir découvert pourquoi tu es hanté par ces rêves.

— Quoi ? Comment ?

— J'ai été coincée ici avec la version « bambin » de Kyle

Valenti, expliqua Isabel. Il m'a montré certaines choses intéressantes.

— Comme quoi ?

— Laisse-moi te faire voir. Je crois que c'est sans doute le seul moyen de sortir d'ici.

Prenant Kyle par la main, Isabel lui fit traverser la maison. Ils gagnèrent la porte d'entrée. Quand elle se retourna pour le regarder, il lui fit un sourire crispé, pour l'informer qu'il était prêt, quoi qu'il arrive.

Isabel ouvrit la porte, s'attendant à voir le poste de police, puisque cela semblait être dans l'ordre des choses. Mais elle se retrouva au milieu du désert.

— Je croyais avoir compris comment ça fonctionnait, grommela-t-elle.

— Je connais cet endroit, dit Kyle.

— J'espérais que tu dirais ça. C'est ton rêve, après tout.

Kyle arpenta les environs, essayant de se rappeler pourquoi le coin lui semblait familier. Il appartenait à un ancien souvenir, datant de son enfance.

Il tomba à genoux à l'endroit exact où le petit Kyle et Isabel avaient creusé un peu plus tôt – là où elle avait déterré le corps d'Alex. Mais cet épisode avait été effacé, et le sable ne semblait pas avoir été retourné.

— Vas-y, dit Isabel, espérant que cette fois, ils trouveraient un « trésor » très différent.

Kyle commença à creuser, mais il lui suffit de déplacer quelques poignées de sable pour trouver quelque chose. Il en sortit une boîte en bois, la tenant à deux mains. On eût dit la version miniature du coffre au trésor d'un vieux film de pirates.

Isabel se pencha, espérant voir ce qu'elle renfermait. Mais Kyle se contenta de la regarder, incapable de soulever le couvercle.

Izzy s'avisa qu'elle n'était pas fermée. Seule l'hésitation empêchait son ami de l'ouvrir.

— C'était pour mon sixième anniversaire, dit-il, sans quitter la boîte des yeux. Mon père était déjà parti travailler quand je me suis réveillé, mais ma mère m'attendait dans la cuisine. Elle m'a dit qu'elle avait trouvé une carte au trésor, et que nous allions partir à sa recherche.

Isabel s'assit par terre près de lui pour écouter la suite de son histoire. Elle espérait qu'elle leur apporterait les réponses qu'ils attendaient.

— J'étais terriblement excité, continua-t-il en souriant. J'ai failli me rendre malade tellement j'ai avalé vite mon petit déjeuner. Après, maman m'a fait monter dans la voiture, et nous sommes venus jusqu'ici. J'avais l'impression que le trajet durait éternellement.

Kyle regarda vers la route et vit la voiture de sa mère, garée sur le bas-côté. Il la reconnut aussitôt, même s'il pensait avoir oublié à quoi elle ressemblait. Voilà si longtemps qu'il l'avait vue s'éloigner pour la dernière fois...

— J'ai bondi hors de la voiture dès qu'elle a arrêté le moteur...

Il fixait intensément la boîte en bois, comme si elle détenait toutes les réponses.

— Ma mère a dû me rappeler pour que je regarde la carte avec elle. J'étais prêt à creuser n'importe où.

Kyle se leva, emportant la boîte fermée avec lui. Isabel le suivit vers la borne qui venait d'apparaître.

— La carte commençait ici.

Il frappa du pied à côté de la borne.

— Nous avons fait vingt-cinq pas dans cette direction...

Kyle compta le nombre de pas, s'arrêtant près des rochers où Isabel s'était reposée un peu plus tôt.

— D'ici, nous avons fait trente pas vers le nord, continua-t-il, Isabel toujours sur ses talons. Ce qui nous a amenés là.

Ils revinrent près du trou.

— Il m'a fallu une éternité pour la trouver, même si elle n'était pas enterrée très profond. Dedans, j'ai découvert ça.

Kyle ouvrit la boîte.

Dès que la lumière éclaira son contenu, deux voix explosèrent autour d'eux. Cette fois, ce n'était pas Tess et Alex qui hurlaient. Mais Jim Valenti et une femme qu'Isabel pensa être son épouse, Michelle.

Ignorant les voix, car leurs paroles n'étaient pas compréhensibles, Isabel regarda dans la boîte. Elle contenait une balle de base-ball, comme celle avec laquelle jouait le petit Kyle. Mais elle était très différente et couverte de gribouillis bleus.

— Une balle de base-ball dédicacée ?

— Oui, par les joueurs de l'équipe championne des Dodgers de 1988, dit Kyle avec de la révérence dans la voix. Le plus grand trésor dont puisse rêver un petit garçon. Et je l'ai perdu, il y a longtemps.

— C'est pour ça que nous sommes ici ? cria Isabel. Pour une stupide balle ?

Elle espérait que l'histoire ne s'arrêtait pas là, qu'il ne lui avait pas encore tout dit.

— Non, répondit Kyle, confirmant ses soupçons. Nous sommes ici à cause de ça.

Levant les yeux, ils virent qu'une voiture de police avait remplacé celle de Michelle Valenti. Son gyrophare bleu et rouge n'était pas allumé. Mais sa seule présence impliquait qu'ils devaient se dépêcher.

Kyle ne semblait pas pressé de continuer son histoire, comptant silencieusement le nombre de pas jusqu'à la voiture. La boîte en bois avait disparu et il tenait la balle de base-ball dans son poing.

— Maman devait venir me chercher à l'école.

— Le jour de ton anniversaire ? demanda Isabel.

— Non, un peu plus tard, répondit-il d'un ton monocorde.

— Continue, l'encouragea-t-elle alors qu'ils atteignaient le véhicule à l'arrêt.

— Elle venait toujours me chercher à l'école, dit-il en regardant la balle. La plupart des enfants prennent le bus, mais ma mère est toujours venue. Tous les jours. Sauf un.

Ils montèrent sur le siège arrière, mais n'allèrent nulle part. Pas parce qu'il n'y avait personne au volant – Isabel suspectait que ce détail mineur n'avait pas d'importance. Si Kyle voulait que la voiture roule, elle roulerait.

— J'ai attendu longtemps, dit-il, tournant la tête pour regarder par la vitre l'endroit où il avait creusé. Tous les bus sont partis, et tous les autres parents aussi. J'étais seul quand l'adjoint Blackwood est arrivé. J'ai aussitôt compris que quelque chose clochait.

Kyle rouvrit la portière. Quand Isabel et lui descendirent de voiture, ils n'étaient plus dans le désert. La voiture les avait déposés devant le poste de police. La version plus jeune de l'adjoint Blackwood qu'Isabel avait déjà vue marchait devant eux.

Des téléphones sonnaient. Des voix se couvraient les unes les autres. Un jeune adjoint, un combiné de téléphone à la main, appela Blackwood.

— Attends ici, dit le policier sans se retourner.

Mais Kyle ignora l'ordre et continua jusqu'au bureau de son père, comptant toujours ses pas.

Isabel le suivit, comprenant qu'ils étaient sur le point de faire une découverte capitale.

Quand ils gagnèrent la porte fermée, Kyle s'arrêta. Ils entendirent le shérif, de l'autre côté. Il pleurait.

— Tu ne vas pas entrer ? demanda Isabel, pleine d'espoir.

— Non, répondit Kyle, le regard rivé sur ses mains vides.

— Où est passée la balle ?

— Je l'ai jetée.

— Quand ?

— Dès que je suis rentré à la maison, dit-il, le visage de marbre. Mon père m'a dit que ma mère était partie et qu'elle ne reviendrait pas. Au début, je lui en ai voulu, parce que c'était lui qui me l'avait annoncé. Fou de rage, j'ai jeté la balle de base-ball qu'elle m'avait offerte pour mon anniversaire. C'était le dernier souvenir heureux que j'avais avec elle, et je ne voulais pas me le rappeler.

— Alors, tu l'as enfermé dans ton esprit.

Sentant qu'ils avaient presque résolu le problème, Isabel se prépara à être éjectée de la tête de Kyle.

— Non. J'ai essayé d'oublier ma mère. Mais plus j'essayais, plus je me souvenais. Je sais que mon père a récupéré la balle dans la poubelle pour la ranger quelque part. Je ne l'ai jamais cherchée...

Les sanglots du shérif se firent plus forts, résonnant dans le couloir.

Déconcertée, Isabel décida de faire avancer les choses.

— Ouvre la porte, Kyle.

— Non.

— Pourquoi ?

Il la regarda enfin dans les yeux.

— Les grands garçons ne pleurent pas.

— Mais ton père pleurait, pourtant…

— Les grands garçons ne pleurent pas.

— Kyle, ouvre cette porte.

Elle lui posa la main sur l'épaule pour le soutenir.

Sans détourner ses yeux des siens, il s'exécuta.

Ils furent tous deux surpris de découvrir que sa chambre les attendait de l'autre côté.

Les pleurs avaient cessé.

Son père n'était pas là.

Franchissant le seuil, ils trouvèrent Alex, allongé sur le sol. Il était mort.

Ils marquèrent une pause.

— Qu'y a-t-il, Kyle ? demanda finalement Isabel. Qu'est-ce que tu ne me dis pas ?

— Alex est mort le jour de mon anniversaire… La veille, pour être exact.

Dans la confusion qui avait suivi la mort d'Alex, Isabel pouvait comprendre que ses amis et elle aient oublié de célébrer l'occasion. Mais elle ne voyait pas le rapport.

— Qu'est-ce que ça a à voir avec tes cauchemars ? Quel rapport entre le départ de ta mère et la mort d'Alex ?

Kyle baissa les yeux sur le cadavre.

Ils s'approchaient de plus en plus de la solution, mais Isabel devait la lui arracher de force.

— Nous sommes enfermés ici à cause de toi, Kyle. Qu'est-ce que tu ne veux pas te rappeler ? Que refuses-tu d'accepter ?

Il s'accroupit près du corps, les yeux brillants de larmes.

Isabel fut terrifiée de voir son ami dans un tel état. Il était au bord de l'effondrement. C'était pire que tout ce dont elle aurait pu faire l'expérience dans le monde réel. Elle assistait à la manifestation *mentale* de l'effondrement de Kyle. Il s'agissait d'émotions pures. Rien dans la réalité ne pouvait rivaliser avec la douleur qu'elle sentait émaner de lui.

Levant les yeux vers Isabel, il se laissa enfin aller à pleurer sur un souvenir en apparence sans grande importance.

— Je l'ai aidée à porter son sac dans la voiture…

— Quoi ? demanda Isabel, désorientée.

— Nous partions pour l'école, expliqua Kyle, quelques larmes roulant sur ses joues, et j'ai vu son sac. Elle m'a dit qu'elle devait s'absenter quelques jours – elle ne m'a jamais avoué que c'était pour toujours ! Le sac était aussi grand que moi, mais je l'ai soulevé et je l'ai porté pour elle. Elle a dit que j'étais son petit homme…

Isabel sentit des larmes monter à ses yeux.

— J'ai aidé Tess à transporter le cadavre d'Alex, dit enfin Kyle, et j'ai aidé ma mère à abandonner sa famille.

Se laissant tomber près de lui, Isabel le serra contre elle.

— Ce n'était pas ta faute, Kyle. Tu n'as pas causé la mort d'Alex. Et tu n'as pas fait partir ta mère. Ces deux choses seraient arrivées, que tu aies été là ou non.

— Mais j'aurais pu les arrêter ! lança-t-il en recommençant à sangloter. J'aurais pu arrêter Tess. Et arrêter ma mère.

— Non, Kyle. Tu n'avais pas ce pouvoir. Dans les deux cas, tu n'étais qu'un spectateur innocent.

— Mais…

— Non ! Tu étais toi-même une victime.

— Je n'aurais pas pu les arrêter ?

Visiblement, c'était la première fois que le cerveau de Kyle envisageait cette hypothèse.

— Non, affirma Isabel. Tu n'étais qu'un petit garçon. Même si tu avais su ce qui se passait, tu n'aurais rien pu faire pour l'empêcher. Et même si tu avais compris que Tess allait tuer Alex, tu n'aurais pas pu l'arrêter non plus. Tu n'en avais pas le pouvoir. Dans les deux cas, tu ne pouvais rien faire.

— Rien ? demanda Kyle.

— Rien.

Le corps d'Alex commença à se dématérialiser. Ils le regardèrent, à la fois heureux et tristes de le voir s'en aller.

— Je suis si fatigué, dit Kyle, laissant ses larmes couler librement.

Isabel le poussa gentiment vers le lit.

— Repose-toi.

Il s'y roula en boule.

Isabel remonta sur lui les couvertures pliées au pied du lit. Elle lui caressa les cheveux, sentant qu'il se détendait pour la première fois depuis deux mois.

— Tout va bien se passer, Kyle. Tu verras.

CHAPITRE XX

Dans le salon, Max regardait Jason commencer une partie de Jenga avec Michael. A quatre pattes par terre, ils rassemblaient les pièces qu'ils avaient éparpillées, se comportant comme s'ils étaient de vieux amis.

— Je n'avais encore jamais vu Michael s'attacher si vite à un enfant, dit Max à Maria, qui venait de le rejoindre.

— Je ne l'avais encore jamais vu s'attacher si vite à *quelqu'un*, répondit-elle. Quelle est son histoire ?

— C'est trop long pour en parler maintenant.

— Compris. Je crois que je vais jouer avec eux.

Max continua d'observer tandis qu'elle se laissait tomber sur le sol. Pour la première fois de l'après-midi, il était content d'avoir amené Jason. Le pauvre n'avait pas dû s'amuser autant depuis des lustres.

Il était aussi content de l'avoir amené pour des raisons plus égoïstes. Le garçon détournait son attention de tout ce qui pouvait mal se passer dans la pièce voisine.

Max continuait d'être étonné par la rapidité avec laquelle Michael et Jason s'étaient liés d'amitié. En même temps, il pensait qu'il n'aurait pas dû l'être. Michael avait été maltraité pendant des années par son père adoptif, sans qu'Isabel ou lui remarquent rien. D'une certaine manière, cette expérience commune devait rapprocher l'enfant et l'adolescent, sans qu'ils sachent vraiment pourquoi.

Max prit mentalement note de poser quelques questions à ce sujet à Michael, dès qu'il en aurait l'occasion. Puis il revint sur cette décision, sachant que son ami n'avait jamais été doué pour ce genre de conversation délicate.

Se sentant idiot de rester à l'écart pendant que ses amis s'amusaient, Max les rejoignit. Son esprit serait partiellement au jeu, mais c'était un moyen de passer le temps.

Les quatre jeunes gens firent la plus calme partie de Jenga de leur vie. Trois des joueurs tendaient l'oreille au cas où ils entendraient quelque chose dans la pièce à côté. Et le quatrième, sentant la tension, se tenait tranquille, par respect.

Quand Jason eut fini d'empiler les blocs rectangulaires, ils en retirèrent un chacun son tour, le posant en haut de la pile. Ils firent deux tours complets avant que Michael ne fasse s'écrouler la structure. Max le soupçonna de l'avoir fait exprès, car Jason devait jouer juste après lui et la pyramide penchait déjà sérieusement.

Ce n'est pas le Michael Guerin que je connais… Mais je ne l'avais jamais vu avec un enfant. Il fera peut-être un oncle parfait pour mon fils.

Ils recommencèrent.

Si le jeu ne réussit pas tout à fait à leur faire oublier Isabel et Kyle, ils y entrèrent un peu plus à chaque nouvelle partie. Si bien qu'ils ne s'aperçurent pas tout de suite qu'ils n'étaient plus seuls.

Isabel et Liz entrèrent dans le salon et s'arrêtèrent pour les regarder.

— Ravie de voir que j'ai manqué à quelqu'un, soupira Isabel en observant les joueurs.

Et contente que Max n'ait pas dû interrompre son babysitting, pensa-t-elle en remarquant le garçon.

Liz émit un toussotement poli pour signaler leur présence, mais il coïncida malheureusement avec la chute de la tour de Jenga. Les quatre joueurs éclatèrent de rire.

— Bonjour, dit Isabel d'un ton ennuyé. Je suis heureuse de constater que vous vous amusez comme des fous pendant que Kyle et moi luttons pour rester en vie et pour qu'il garde sa santé mentale.

Le soulagement qu'elle vit sur leurs visages lui révéla ce qu'ils avaient enduré. Max bondit sur ses pieds pour venir la serrer dans ses bras. Les autres l'imitèrent. Seul Jason resta assis par terre, se sentant de trop.

— Tu vas bien ? demanda Max en la serrant très fort.

— Oui, je crois, répondit-elle, étouffant un bâillement. En fait, je me sens étrangement reposée.

— Et Kyle, ça va ? demanda Maria.

— Il dort ! répondit joyeusement Liz.

— Il roupillait toujours comme un loir quand nous sommes sorties de la chambre, ajouta Isabel. Nous avons décidé de ne pas le réveiller. Il a tellement besoin de sommeil.

— Oh, oui ! lança son amie. Désolé, Max, il t'a pris ta chambre.

— Lui prêter mon lit est le moins que je puisse faire pour lui… Quand je pense à toutes les épreuves qu'il a traversées.

— Alors, quel était le problème ? demanda Michael.

Isabel ne pensa pas sérieusement à le leur expliquer, car ce qu'ils avaient vécu était trop intime. Si Kyle voulait leur en parler, libre à lui.

— Je l'ai aidé à combattre ses démons, répondit-elle, évasive.

— Je suppose que ça veut dire que nous pouvons partir, fit Michael.

Il serra encore Isabel dans ses bras pour lui souhaiter la bienvenue dans le monde réel.

— J'ai besoin d'une douche, ajouta-t-il.

— Moi aussi, répondirent en chœur Max, Maria, Isabel et Jason.

— Passe un coup de fil, si tu décides d'aller faire un tour dans un autre plan d'existence, souffla Maria à l'oreille de son amie, pour que Jason ne l'entende pas.

— Je vous raccompagne, dit Isabel. Merci de votre aide.

— Pas de problème. Encore une journée typique à Roswell.

— Ah, je donnerais cher pour avoir quelques jours atypiques de temps en temps, soupira Isabel.

— A qui le dis-tu ! renchérit Maria. Oh, au fait, un type

qui bosse pour ton père est passé. C'est Kyle qui lui a ouvert.

— Jesse ? lança Isabel, avant de se rappeler qu'elle ne devait pas se trahir.

Elle n'avait pas oublié leur rendez-vous, même quand elle était prisonnière de l'esprit de Kyle, mais il avait été relégué au fond de sa mémoire. Maintenant qu'elle était libre, il serait son principal souci. Elle espérait que Jesse ne lui en voudrait pas de lui avoir fait faux bond deux fois de suite. Cela dit, c'était un bon moyen pour tester la solidité de leur relation, puisqu'elle soupçonnait que ça n'était pas la dernière fois que son « autre vie » s'immiscerait entre eux.

— Kyle ne m'a pas dit son nom, répondit Maria, de plus en plus soupçonneuse au sujet du mystérieux inconnu. Il lui a raconté que tu étais malade. J'ai pensé qu'il valait mieux que tu le saches, au cas où il appellerait.

— Merci, dit Isabel, impatiente de changer de sujet.

— Allons-y ! lança Michael, venant sans le savoir au secours de son amie.

— Ah, ces artistes et leur mauvais caractère ! dit Maria à Isabel, qui ne comprit pas ce commentaire sibyllin. Allez, viens, Rembrandt !

— Je me demande pourquoi je t'ai montré ce truc, grogna Michael.

Isabel ignorait de quoi ils parlaient.

— Tu ne m'as rien *montré*, lui rappela Maria.

— Eh bien, merci encore, fit Isabel en refermant la porte sur eux. Il faudra qu'on refasse ça, à l'occasion.

— A la prochaine crise ! lança Maria.

— A la prochaine crise.

Isabel regarda le couple s'éloigner.

Peu importent les preuves du contraire, pensa-t-elle, *ces deux-là sont faits l'un pour l'autre. De toute façon, personne d'autre n'en voudra.*

Alors qu'Isabel disait au revoir à leurs amis, Max et Liz s'étaient assis par terre près de Jason, pour ranger le jeu de Jenga.

— Ta sœur a l'air d'aller mieux, dit le jeune garçon.

— Oui, nous pensons que c'était une grippe de vingt-quatre heures, mentit Max. Elle l'a attrapée à la même heure hier. Quelle précision !

Jason le regarda comme s'il ne savait pas quoi penser de tout ça. Puis Max et Liz sourirent.

— Désolée que ce week-end ait si mal tourné, dit Liz.

— Tu plaisantes ? s'écria le gamin, écarquillant les yeux. J'ai été tiré d'un puits de mine, je suis revenu dans la ville où j'ai grandi, j'ai rencontré plein de gens très cool, et j'ai battu Michael au Jenga. C'est le meilleur week-end de ma vie !

Il leur fit son premier vrai sourire de la semaine.

— Je ne veux pas rentrer chez moi. Jamais.

L'expression de Liz et de Max lui apprit que ça n'était pas une option.

Leur gravité devait être contagieuse, parce que son sourire s'effaça.

Toutes ces distractions l'avaient aidé à oublier ses problèmes pendant quelques heures. Mais tous les trois savaient qu'ils étaient loin d'être réglés.

Liz lui prit la main.

— Nous parlerons à ta mère ensemble. Et je resterai avec toi jusqu'à ce que tu rentres de chez le docteur, lundi.

— Si tu le dis…

Le Jason insouciant avait de nouveau disparu.

— Ne t'inquiète pas, insista Liz. Tante Jackie prendra soin de tout.

Le silence qui suivit apprit à Max tout ce qu'il devait savoir.

— Ta mère est déjà au courant, n'est-ce pas ? demanda-t-il.

— Je ne lui ai jamais rien dit, dit Jason. Mais, oui. Elle sait.

— Je ne peux pas croire que tante Jackie…, commença Liz.

Max prit la main libre de la jeune fille et la serra, comme pour lui dire : *Pas maintenant*.

— Changement de plan, dit-il, se concentrant sur Jason.

Nous allons t'emmener voir la mère de Liz. Je crois que si quelqu'un peut faire entendre raison à Jackie, c'est bien elle.

— Tu crois vraiment ?

— Absolument, confirma Liz. Ma mère s'assurera que tante Jackie accepte la vérité. Et si elle s'y refuse... J'ai toujours eu envie d'avoir un petit frère.

Ça semblait simple, mais Max savait que ça ne le serait pas. Il savait aussi à quel point Jason comptait pour Liz, une affection qui le rendait important pour lui. Ils veilleraient à ce que l'adolescent soit protégé, même si Max devait demander à son père d'intervenir légalement.

— J'ai une question ! lança soudain Max.

Jason se tortilla, mal à l'aise.

— Laquelle ?

— Au ranch... Qu'est-il arrivé aux moutons ?

Jason éclata de rire, puis il leur parla des clauses du testament laissé par les parents de George Lyles. Il stipulait que leur fils deviendrait le propriétaire légal du domaine après avoir veillé sur les moutons pendant six ans. La limite avait été atteinte deux mois plus tôt... et les animaux n'étaient pas restés un jour de plus dans le ranch.

— C'est tout ? dit Liz, déçue.

— Désolé, répondit Jason.

— Qui est notre jeune invité ? demanda Isabel en revenant dans le salon.

— Jason, dit Max, voilà ma sœur Isabel. Isabel, c'est notre ami Jason.

— Contente de te rencontrer, fit Isabel en serrant la main du gamin.

— Bon-bonjour, balbutia-t-il avec une drôle d'expression. Ravi que tu ailles mieux.

— Merci. Eh bien, si ça ne vous dérange pas, j'ai un coup de fil à passer.

Elle prit le téléphone, Jason suivant du regard ses moindres gestes.

— Nous allions sortir, dit Max en regardant le jeune

garçon observer sa sœur. Je ne serai sans doute pas de retour avant la fin de l'après-midi.

Isabel maudit silencieusement sa malchance.

— Eh bien, puisque je suis restée enfermée toute la matinée, je vais sans doute sortir ce soir, alors on se reverra plus tard.

Elle quitta le salon avant qu'il n'ait pu lui demander quels étaient ses projets.

— Bon, allons chez Liz, dit Max. (Il nota que le regard de Jason était toujours braqué dans la direction où avait disparu sa sœur.) Ensuite, Jason, il serait peut-être bon que nous continuions la conversation sur les changements que nous avons commencée hier soir…

— Je monte devant ! cria le jeune garçon en courant jusqu'à la voiture.

— C'est un bon gamin, dit Max en prenant la main de Liz.

— Alors, tu as toujours des craintes au sujet de ton fils ? demanda-t-elle.

— Je crois que j'en aurai toujours. Mais aussi longtemps que tu seras à mes côtés, j'ai le sentiment que tout se passera bien.

Il se pencha pour l'embrasser, sachant qu'un jour, il récupérerait son fils. Et avec Liz à ses côtés, il pensait pouvoir l'élever correctement.

Et devenir le chef qu'il était né pour être.

Dans la maison, Isabel s'arrêta sur le seuil de la chambre de Max. Kyle semblait dormir paisiblement, roulé en boule. Il avait le visage dans l'ombre, donc elle ne pouvait pas en être sûre, mais il lui sembla qu'il suçait son pouce. En revanche, sa main droite était bien visible, et elle reposait tranquillement sur le lit. Les tambourinements avaient cessé et ses cauchemars aussi, sans doute.

Isabel sourit et espéra que Kyle et ses amis – pour un temps au moins – feraient de beaux rêves.

ÉPILOGUE

L'été était revenu.

La fraîcheur relative avait laissé la place à une chaleur torride. Il faisait déjà dix degrés de plus en ce dimanche matin que la veille en plein midi.

Mais Isabel sentait à peine la chaleur, tandis qu'elle gravissait la colline. Max lui avait prêté sa voiture, puisqu'il passait la journée avec Liz et sa famille. Ils devaient tous partir pour Artesia le soir, afin de parler à la mère de Jason.

Isabel aurait pu monter en voiture, mais elle ne voulait pas perturber la tranquillité de ce lieu.

Essuyant une goutte de transpiration qui lui coulait sur le front, la jeune fille s'agenouilla sur le sol et posa le bouquet de tournesol qu'elle avait apporté. D'accord, ils n'étaient pas aussi beaux à regarder que des roses, des lys ou même des œillets. Mais leur couleur vive et leur aspect robuste lui avaient toujours redonné le moral, quand elle se sentait un peu déprimée…

Comme le sourire d'un certain ami.

Elle avait passé une soirée fabuleuse avec Jesse, la veille. Ils avaient même réussi à ne pas tomber sur Kyle et son père, qui dînaient dans le même restaurant. Jesse s'était montré très compréhensif pour sa « maladie ». Un mensonge de plus à un ami ou à un être cher…

Enfin, elle ne voulait pas penser à Jesse. Pas ici. Cela lui semblait… déplacé.

— Quelle bonne surprise ! lança une voix derrière elle.

— Après ce qui s'est passé, tu ne t'attendais pas à me voir ?

— Eh bien, oui, et c'est un plaisir. Mais ce serait encore mieux d'être vu par toi.

— Je ne peux pas, répondit Isabel, les yeux rivés sur la pierre tombale.

Alex Whitman. Né… 1983. Mort…

Trop jeune.

— Je crois que je ne suis pas si mal, tout bien considéré, fit-il.

Isabel essaya de ne pas sourire de son humour macabre.

— Tu sais bien ce que je veux dire. Ça fait trop mal de te regarder… après t'avoir vu mourir.

— Oh, tu préfères te souvenir de moi comme ça ? Plié en deux de douleur ? Suppliant que…

— Arrête ! Je ne veux pas m'en souvenir du tout.

— Il le faut bien. C'est le prix à payer pour avoir aidé Kyle.

— Aucune bonne action ne reste jamais impunie, hein ?

— Isabel…

Elle sentit son souffle sur son épaule – même s'il n'était pas réel.

— Regarde-moi, Isabel.

Elle se retourna finalement pour regarder Alex – ou l'image d'Alex. Il était tel que dans son souvenir, avec le même sourire idiot sur le visage. Elle aimait ce sourire, conscient qu'il s'était toujours un peu élargi quand elle entrait dans la pièce. Ce n'était pas sa première visite depuis sa mort, et elle espérait que ça ne serait pas la dernière. Elle ignorait s'il était un fantôme, un rêve ou quelque chose d'autre. Et elle s'en fichait !

— Je sais que ça a été dur pour toi de me regarder mourir, dit Alex. Tu peux me croire, j'y étais.

Même mort, ses plaisanteries pitoyables réussissaient à la faire sourire.

— Mais savoir que tu étais là a rendu ma mort un peu moins solitaire. Il nous a fallu tellement de temps pour être ensemble dans la vie. Maintenant, je sais que nous sommes un peu ensemble dans la mort. Autrement dit, ça nous a rapprochés.

— Tu me manques tellement.

— Je ne suis jamais très loin. Tu le sais.

— Je sais. Et j'en suis heureuse.

— Bon, alors cesse de faire cette tête. Cet endroit est déjà bien assez déprimant ! Tous les gens qui viennent pleurer… Et quand ils ne pleurent pas, ils sont terriblement silencieux, comme s'ils avaient peur de réveiller quelqu'un. Que ne donnerais-je pas pour un concert improvisé des Whits !

— Ça me rappelle un truc, dit Isabel, avec son premier vrai sourire depuis son arrivée. Nous avons fait le festival d'amateurs que Liz, Maria et toi organisiez chaque année.

Isabel lui parla des festivités de la soirée. Qu'il ne soit pas vraiment devant elle, ou qu'il sache déjà tout ça, n'avait pas d'importance. Isabel aimait lui parler. Elle continua pendant une bonne demi-heure, lui relatant *presque* toute sa vie – elle laissa de côté la partie concernant Jesse, histoire de ne pas gâcher l'ambiance.

Pendant qu'elle parlait, le soleil monta un peu plus haut dans le ciel et la température augmenta encore. Heureusement, une brise légère balayait la colline, rafraîchissant Isabel. Elle soupçonna Alex d'en être à l'origine. Il avait toujours veillé à son confort quand il était en vie. Pourquoi ne continuerait-il pas dans la mort ? Il était peut-être en train de devenir son ange gardien.

J'aurais pu tomber plus mal, pensa-t-elle.

— Merci, Alex, dit-elle. Pouvoir parler à un ami est si précieux.

— Tu as des tas d'amis, lui rappela-t-il.

— Mais aucun d'eux ne me comprend comme tu le faisais, dit-elle en se levant.

Elle défroissa sa robe estivale.

— Comme tu le *fais*. Aucun d'eux ne prend soin de moi comme toi.

Un oiseau bleu se posa sur sa pierre tombale. On eût dit qu'il voulait être témoin de la scène extraordinaire qui se déroulait à côté.

— Il faut que j'y aille, fit Isabel en se tournant vers l'endroit où elle avait garé la voiture de Max.

Pour beaucoup de raisons, elle n'avait pas envie de partir.

— Vraiment ? demanda Alex, feignant la surprise. Avant d'avoir dit ce que tu es venue me dire ?

— Je voulais simplement te voir, mentit Isabel – à Alex et à elle-même. Tu sais… après hier.

— Qui crois-tu abuser ? Je devine ce qui se passe dans ta tête – jolie, et fort compliquée. Il y a autre chose. Une chose que tu veux me dire.

Elle avait peur de parler, mais elle réussit à articuler un :

— Oui.

— Tu as un soupçon, l'encouragea-t-il. Quelque chose que tu n'arrives pas à te résoudre à dire à haute voix.

— Ce n'est sans doute rien. Cette vie complètement folle… Ça finit par me rendre paranoïaque !

— C'est vrai.

Il sourit de nouveau.

— Mais il faut quand même que tu le dises. Ne serait-ce que pour *entendre* les mots. Histoire de cesser de les retourner dans ta tête.

Elle savait qu'il avait raison. Que le fantôme d'Alex existe, ou qu'il soit le produit de son imagination était sans importance. Il fallait qu'elle dise tout haut ce qui la travaillait depuis la veille. Sinon, c'était elle qui ne pourrait plus fermer l'œil !

Prenant son courage à deux mains, Isabel se lança :

— La mère de Kyle a quitté Roswell quand il avait six ans.

— Continue.

— Elle est partie à l'époque où nous sommes sortis de nos incubateurs.

Voilà, c'était lâché !

Isabel savait qu'elle ne pouvait dire cela à personne d'autre qu'Alex. Au mieux, ça rouvrirait de vieilles blessures. Au pire, cela aurait des conséquences tragiques. Et si elle avait tiré une leçon de sa mésaventure dans l'esprit de Kyle, c'était bien de ne pas s'appesantir sur le passé.

Elle regarda une dernière fois son ami, debout près de sa pierre tombale, les mains dans les poches. Son sourire lui communiqua une paix qu'elle n'avait pas connue depuis sa mort.

Isabel emporta cet ultime message d'Alex en descendant la colline pour rentrer chez elle.

Achevé d'imprimer sur les presses de

BUSSIÈRE

GROUPE CPI

à Saint-Amand-Montrond (Cher)
en septembre 2003

FLEUVE NOIR
12, avenue d'Italie
75627 Paris Cedex 13
Tél. : 01-44-16-05-00

— N° d'imp. : 35259. —
Dépôt légal : octobre 2003.

Imprimé en France